ヴィオレッタの尖骨

宮木あや子

河出書房新社

目次

ヴィオレッタの尖骨

ヴィオレッタの尖骨

人間の身体は楽器なの、と先生は言う。その言葉を聞いたとき頭に思い浮かんだのは、小さいころに何度も眺めた記憶のある一枚の写真だった。まだ両親がこの家に住んでいたころ、お父さんの部屋の壁にかかっていた、頭にターバンを巻いて髪の毛を隠した女の人の背中に、バイオリンのf字孔《エフじこう》が描かれているモノクロームの写真。実際にそれが彼女の背中にインクで描かれたものなのか、写真を焼いたあとに写真家の手で描き加えられたものなのかは知らないが、柔らかそうな女の背中に刻された烙印《らくいん》のようなf字孔は、生えていた羽を毟《むし》られた痕にも見えた。白く輝く天馬の尾を張った弓を弾けば、彼女は泣き声に似た深く艶のある音を奏でると思う。でもよく走るイタリアの馬ではきっと彼女は口を閉ざす。

綺麗な音を出したければ綺麗な音をたくさん聴きなさい、とも先生は言う。日本、イタリア、ドイツ、オーストリア、様々な国の歌うたいの名前を挙げて。先生にとって歌も「人体という楽器の奏でる音」のひとつだ。調律するのも、日々手入れをするのも自分。絶えず調子を整えておかないと、この楽器はすぐにダメになる。けれど調律次第では完璧に楽譜とシンクロすることも可能で、そんなときはどこまでもどこまでも、天まででも駆け上ってゆける気がする。

女子にも声変わりは存在して、だいたい十三歳から十四歳、男子の声変わりと同じころだ。それよりも前に歌を習い始めると喉《のど》を壊すおそれがあると言われたことがある。人体が楽器なのだとしたら、体内にあるソプラノの弦が運悪く切れたりしたらイヤだなあと思っていたのだが、私の喉は十四歳で声変わりを乗り越え、歌声は声域を保ったまま、より伸びやかさを増した。

先生は頑《かたく》なに私を表舞台に出そうとしなかった。きっと私ならジュニアコンクールに出れば賞を獲れていただろう。けれど先生は何かに脅えているかのように、あるいは何かから逃げるかのように、決して私を世間に晒《さら》そうとはしなかった。私が門下に入ったあと、彼女が見ていたほかの生徒たちはいなくなり、家に男の人が来るときは私のレッスンは入らなかった。先生にとってただひとりの生徒である私は、白壁のお屋敷から小さな森みたいなお庭に張り出した六角形のサンルームで、先生の奏でる古いグランドピアノに合わせて先生のためだけに歌う楽器だった。

高校生になって初めて、自分以外の楽器と知り合った。先生の勧めで入学した高校は、表向き普通科の私立の共学高校だったが、一般受験を受け付けていない音楽科と美術科が存在しており、私はその音楽科の十五名の枠に、先生の推薦により無試験で合格し入学した。クラスに席を並べるのは、おそらく私と同じように無試験でどこかの先生からの推薦を受けて入学した子たちばかりなのだろう、と思った。女子生徒も男子生徒もみんなどこか、人間のかたちをした楽器みたいだった。

授業内容はほぼ普通科と同じだけれど、音楽科と美術科は、怪我を回避するため体育と技術や家庭科の実習がカリキュラムに組まれていなかった。その時間はそれぞれのレッスンに充《あ》てられる。自主練習でも良いし、講師に見てもらうこともできる。防音室は十室しかなくて、早い者勝ちで利用表に名前を入れる。あぶれた五人はどこか別の場所で練習するしかないのだが、学校の敷地はばかみたいに広大で、それを取り囲む深い森林が防音壁の代わりになるため、持ち運べる楽器の子や私みたいな歌の子が練習場所に困ることはなかった。

夏休み前に既に私は、定期的にあぶれるタイプの生徒になっていた。そしてもうひとり、やはりいつもあぶれている子がいた。彼女は歌ではなくバイオリンの子で、名をひづるという。初めて演奏を聴いたとき、彼女の奏でる音は冷たいと思った。人を拒む冷たさではなく、人を癒す水の冷たさ。

対してひづるは私の声を光みたいだと評した。天の光。人々を救い、また焼き尽くしもする光。私たちは専攻が違うこともあり、すぐに仲良くなった。何より私はひづるの外形が好きだった。淡く陽に透ける茶色い髪の毛も、濁りのない乳白色の肌も、美しい曲線を描く輪郭という額縁の中に存在するヘーゼルの瞳や尖った鼻や柔らかそうな唇も、無駄な肉の載っていない薄い四肢も、彼女が手にするコニアのバイオリンと同様、長い歳月の中で職人たちが試行錯誤を繰り返して辿り着いた至高品のごとく完璧なかたちだった。私が先生の寵愛を享けていたのは私自身が美しかったからだが、ひづるは私を取り巻く狭い世界の中に初めて現れた私より美しい人だった。

私たちは境遇も似ていた。ひづるはかなり早くからバイオリンを習っていた。それなのに一度もコンクールに出た経験がないという。

——ちゃんと大人になってからね、って先生はおっしゃるの。

そうは言ってもひづる自身、それほど賞を欲している様子はなく、ただ好きな曲を好きなときに弾いているだけで幸せそうだった。彼女の奏でる一音一音は滴る冷たい水になり、爪先から頭上までを満たす。そして無邪気な顔で私に歌を求め、光の中、口元を綻ばせる。

夏休みに入る一週間ほど前、緑の眩《まぶ》しい欅《けやき》の木の下でひづるは「私、本当はバイオリンになりたいの」と悲しそうに言った。三時間目と四時間目、二時間連続「自主練」の最中、楽器のケースも開けずに髪を編みながら。

「バイオリン弾きじゃなくて、バイオリン？」

「そう、バイオリン。人はいつか死ぬけど、バイオリンはずっと残るでしょ。場合によっては何百年もあとになってからすごい人に弾いてもらえたりするでしょ。だからバイオリンになりたい」

私はその言葉に、あの写真を思い出す。ひづるの背中にもf字孔が存在するのだと思った。もしくは彼女を作り出した誰かが、製作者をあらわす小さなしるしか何かを刻み込んでいるかもしれない。〝D〟とか（Deus made《神が作りたもうた》）。

「絵梨《えり》は良いな。絵梨の身体が楽器だもんね」

「でも私だってきっとひづると同じくらいに死ぬよ」

「あ、そうか。なんだかもったいないなあ」

口を尖らせたひづるが編んでいた髪の先端を離すと、それはばらばらと解《ほど》けてゆく。木々の折り重なる向こうは校庭で、普通科の子たちがトラックを走っている。そして比較的私たちの近くを、制服を大胆に着崩したひとりの男子生徒が通ってゆく。美術科の生徒だろう。彼は私たちに気づき、しばらくこちらを凝視したあと、逃げるように早足で再び歩き始めた。彼の向かう先には美術棟がある。生徒らが思う存分大きな作品を作れるようにという配慮か、建物はかなり大きく、話によると卒業生たちの作品も多く収蔵されているらしい。本来音楽科の生徒たちには無縁な施設なのだが、ふと私は思い立ち、「ねえ、美術棟に行ってみる?」と訊いた。

「なんで?」

「こう暑くちゃ、練習する気にもならないでしょ。きっとあそこなら涼しいんじゃないかな」

実際ひづるのバイオリンはケースに入ったままだし、私の楽譜も欅の木の迫り出した根に立てかけられたまま、ときどき風がページを揺らすだけだ。汗ばんだ首筋を手の甲で拭い、「良いね」と笑ってひづるは立ち上がる。

「うん、行こう」

私たちは手を取りあい、美術棟へ向かう。

大きな硝子扉を押し開けると、天井の高い広々とした円形のホールは木陰のような静寂に包まれていた。息を止めて耳を澄ませば水を流す音や木を削る音が微かに聞こえるが、それも小風の立てる葉擦れ程度のものだ。ホールには誰かが制作している途中であろう大きなオブジェがいくつか放置されている。

「……美術科の子たちってこんなことしてるんだ」

思わず口をついて出た。必修の教室は離れているし、音楽科も美術科も全校集会のような行事への参加を免除されているため接点がなく、生徒の顔すら知らない。

「物を作るのって、すごいね」

ひづるも私の言葉に頷き、言った。今は命を持たないただの骨組みが、そのうち土や石膏《せっこう》を纏《まと》って意味や息吹のあるものに変わってゆく。それを作り出すのが私たちと同い年くらいの生徒だと思うと、ひづるの言葉どおり、すごい。

「ねえ、ちょっと他のところも見てみよう」

あたりを見渡していたひづるに私は声をかける。

「怒られないかな？」

「立ち入り禁止とは言われてないし、大丈夫じゃない？」

「でも私たち、自習サボってるんだよ？」

そうは言いながらもひづるは共犯者の顔をして笑っていた。

左手には階段があり、壁に取り付けられたプレートには矢印と「実習室A～E」の文字がある。一階はF～Jらしい。

「どこに行く？」

「E」

「Me, a name I call myself?」

「Yeah, you can sing most anything!」

私たちはローファーのタッセルが音を立てないように階段を上り、カンバスや彫刻が無造作に並ぶ雑然とした、なだらかに弧を描く廊下の一番奥を目指した。

戸の硝子窓から中を覗くと、Ｅの部屋は無人だった。大きな窓で採光された部屋の中央には画板の載ったイーゼルと、傍らには画材とバケツの置いてある机。

「懐かしい、あのバケツ」

小学校の図工で使っていたような小さな黄色いバケツに、胸の端がきゅっと音を立てる。

「ほんとだ、美術科の子もあれを使うんだね、意外」

ひづるは静かに引き戸をずらし、私の手を取って部屋の中に滑り込んだ。壁際にバイオリンケースを立てかけ、部屋の中央へ向かい、イーゼルを覗き込む。画用紙には薄い紫が一面に塗られているだけだった。机の上にはたくさんの水彩絵の具と筆が転がっていて、長年使っているであろう、ちょっと変色した白いパレットにはヒビが入っていた。

この薄い紫だけの紙の上に、これから何が生まれるんだろう。私は机の上から一本の筆を取り、言った。

「ねえ、ブラウス脱いで」

「なんで？」

「バイオリンになりたいんでしょ。描いてあげる、いっぱい絵の具あるし」

「……可愛いかも」

この学校の夏服は、左右に三本ずつピンタックの入った白い丸襟のブラウスに、ネイビーのプリーツスカートというシンプルなものだ。ひづるは躊躇《ため》らうことなく前のボタンを外し、長い髪を片側に寄せて下着だけになった背中をこちらに向けた。

「ブラも邪魔だから外すよ」

「うん」

ミントグリーンの下着のホックを外し、滑らかな白い背中をしばらく眺める。浮き出た肋骨が呼吸で上下するたび透明の産毛が小さく光る。黒い絵の具をパレットの上に搾り出し、筆先を水につけて絵の具を少しだけ溶いた。

カスタードクリームくらいの硬さになった絵の具の載った筆先を、肩甲骨の少し下に滑らす。くすぐったい、とひづるは笑い、筆は大きくうねった。

「動かないでよ、紳士のヒゲみたいになっちゃったじゃない」

「背中にヒゲ！　斬新！」

「あーもう、動かないでってば」

反対側も手入れを怠った紳士のヒゲみたいになってしまい（ヒゲの手入れを怠る紳士はもはや紳士ではないけれど）、一度消して描き直そうと、何か拭うものはないかとうしろを振り向いたとき、部屋の戸が音を立てて開いた。

「あっ」「あっ」「えっ?」

戸をあけた主と私とが同じ声を出し、窓のほうを向いていたひづるはわけが判らず胸を隠す。入り口に突っ立っているのは、背丈が私たちくらいしかない、上半身裸の少年だった。穿いている運動着のズボンをふくらはぎのあたりまでまくりあげ、その下は素足で、左手にはビニール袋、右手には白い布を握っている。

部屋に上半身裸の人間がふたり、自分だけ着衣、という状況は結構珍しいんじゃないだろうか。第三者の出現に対する驚きよりも、その滑稽さに私は笑いそうになった。

「……何やってるの?」

少年は自分を見つめるふたりの女子生徒に、咎《とが》めるふうでもなく尋ねた。そして壁際のバイオリンケースをちらりと見たあと、歯を見せて笑った。

「サボり?」

そう言って少年は中に入ってくる。近づいてきた彼に対し、おそらくひづるも私も同じことを感じたと思う。

なんて形貌《けいぼう》の綺麗な人か。

丁寧に張られた象牙色の肌には少しの濁りもなく、その下の骨格には一切の歪みもない。現存する人間の平均サイズを1としたとき、彼の縮尺は0・8くらいに見えて、危うくて、脆《もろ》そうで、なのにそんな自分の綺麗さを自覚していない様子に、上から白いシーツを被せたくなる。

「……そっちこそ。サボり？」

「いや、この部屋いま俺が使ってるんだけど」

机の隅にビニール袋を置き、少年は私の手元とひづるの背中を見た。袋の中にはカロリーメイトと水が入っていた。

「アングルのバイオリンごっこ？　水彩じゃだめだよ。それに、下手だね槇村《まきむら》さん」

「なんで私の名前知ってるの？　アングルのバイオリンってなに？」

「音楽科の槇村さんと佐原《さはら》さんでしょ。たぶん美術科の生徒はみんな知ってるよ、女子でさえみんなモデルにしたいって言ってるくらいの有名人だし」

ラッキーだな俺、と言って少年は手に持っていた白い布を私のほうに差し出した。これで拭けということだろう。ひづるの背中に生えた天使の羽ならぬ紳士のヒゲを拭うと、布は真っ黒に汚れた。

ありがとう、と言って私が返した布を少年はバサバサと広げ、そのまま頭に被り、着る。

「えっ、シャツだったの。ごめんなさい」

「良いよ、どうせ汚れるし。アングルのバイオリンていうのは、フランスでは『本業じゃないけど得意なもの』って意味と、もうひとつは『下手の横好き』って意味。でもその言葉が生まれたあと、マン・レイがキキの背中にバイオリンの模様を描いて撮った写真の題名としてのほうが有名だと思う」

「あれってキルスティン・ダンストだったの？」

「そっちのキキじゃなくて、モンパルナスのモデルのほう」

少年は笑いながら汗に濡れた長い前髪を持ち上げて、手首に巻いていたゴムでまとめた。象牙色の綺麗な顔の上に毛先が噴水みたいに散らばって、可笑《おか》しい。

下着のホックを留めてブラウスに袖を通そうとするひづるに気づくと、彼は「ちょっと待って」と制した。

「もっと見てたい？」

悪戯《いたずら》っぽく笑いながらひづるは尋ねるが、少年は首を横に振る。そして後方の壁一面に取り付けられた棚の大小さまざまな抽斗《ひきだし》をいくつか開け閉めし、目的のものを見つけたらしく取り出してみせた。粒子の細かな粉の入った瓶。

「裸のモデルはいっぱい見てきてるから大丈夫。水彩じゃなくてヘナなら落ちないと思うよ。描いてあげようか？」

ひづるは私の顔を見た。私もひづるの顔を見た。たぶんふたりとも、考えていることは同じだ。

「今じゃなきゃだめ？」

少年のほうを向き直ったあと、やはり私が思っていたのと同じことをひづるは言った。

「いや、すごく時間がかかるから、俺も言ってから今日は無理だって思った」

「なんだ、やっぱり見たかったんじゃない」

勝ち誇ったように言ってひづるはブラウスのボタンを留める。腕時計を見ると、もう昼休みまであと十分だった。早くカフェテリアに行かないとデザートが売り切れる。

「次にこの部屋を使うのはいつ？　少年、名前は？」

「少年って、そっちだって同い年でしょ。次は三日後の同じ時間だけど放課後もだいたいEにいるよ。名前はシキン」

「え、チキン？」

「それはただの悪口だなあ。シキン。プーシキンのシキン、紫禁城のシキン」

私たちは壁際に立てかけてあったバイオリンケースと楽譜を取り、シキンと名乗る少年に手を振る。彼も手を振り返し、部屋を出て階段を下り終わるまで私たちの背中を見ていた、ように思う。振り返らなかったから、判らないけど。

――あんな綺麗な男の子、初めて見た。

――いたんだね、この学校にあんな子。

――プーシキンのシキンってことは、ロシア人の血が混じってるのかな？

――でもプーシキンてファミリーネームじゃない？　紫禁城とも言ってたし。中国かな。字はどんな字なんだろう。

興奮醒《さ》め遣《や》らない昼休みのカフェテリアで、デザートの桃ゼリーを食べるのも忘れて話し込み、午後の二時間は必修の授業を受け、ひづると別れたあと私は先生の家へ向かう。先生にシキンの話をするか少し迷った。結果、何も話さなかった。

「ひづるちゃんだっけ？　お友達になった子。今は何をやってるの？」

エチュードを終えたあと先生が尋ねた。もう五年も通っているのに先生の容貌は少しも変わらない。モナリザに似ているけど、本当は魔女なんじゃないかと思う。

「パガニーニ、の、曲名は忘れちゃった」

先生に話しかけられ、受け答えしながらも私はシキンのことを考えていた。己の綺麗さにまるで自覚のない彼の身体にはたぶんひづると同じく、どこかにDのしるしが刻まれているはずだ。顔も身体も綺麗だったが、どこよりも私は彼のくるぶしに目と心を奪われた。裸足の足首に突き出した青白い丸い骨。角度によっては尖った骨。硬い何かで叩けばきっと身体のそこかしこに共鳴し、水琴窟《すいきんくつ》に似た音を奏でるだろう。

人の身体には音が共鳴するための空洞が存在すると、先生は言う。鎖骨の下、背中の下のほう、頭蓋骨の中にさえも。身体の空洞の中で共鳴した声が、頭のてっぺんから跳ね出したとき、天とつながる美しい音になる。それならばシキンの身体が骨のほかは全て空洞であれば良いと思う。

翌日の放課後、私たちは西棟にある美術科の教室を訪れた。シキンが言ったとおり私たちは結構有名人らしく、戸を開けたとたん様々な視線が飛んできたが、誰も声をかけてはこない。教室の中にシキンの姿を見つけ、なんて擬態の上手な子だろうと思った。美術科の子たちはだいたい自分の好きなように制服を着崩し装飾している。シキンも例外ではない。それが逆に彼の美しさを埋もれさせ、集団の中のひとりたらしめていた。

私たちは私たち以外に「見つかって」いないシキンの姿に安堵し顔を見合わせると、「早く行こう」と声をかけた。教室に残っていた子たちの視線が一斉に突き刺さる。居心地悪そうに舌を出し、彼は鞄を持ってこちらに来た。

「今日は無理だよ、染料の準備してないから。準備しておくから、明日で良い？」

「うん、じゃあ今日はシキンが絵を描いてるところを見るだけにする」

そっちのほうが好都合だとでも言いたげにひづるは満面の笑みと共に答えた。

「俺の専攻、絵じゃないんだけど。まあ、描けるけど」

「昨日のは？」

「あれは集中するためのまじないみたいなもん。本当は造形だけど、それでも良ければ見学する？」

「うん」

「じゃあ代わりになんか弾いて。歌って」

意外なシキンの言葉に嬉しくなり、私たちは足取り軽く彼のあとをついていった。

シキンは「紫菫」らしい。ひづるが音叉《おんさ》を咥《くわ》えながら欅の木の下で調弦をしているあいだに私がどんな漢字なのかと訊いたら、若干の恥じらいを含む小さな声で「むらさきのすみれ」と返って来た。

「……すごい！　本名なのに雅号《がごう》みたい！　なんて完璧なの！」

ペグを巻く手を止め、ひづるは目を輝かせて叫ぶ。と同時に音叉は草の中に落ち僅《わず》かに鳴った。

「じゃあそんな紫菫のために、ヴィオレッタを歌って差し上げましょう」

「椿姫？」

「それはひづるが弾けない。ほかのオペラのアリアのほう」

だいぶ前に終わらせた曲だが、楽しくて可愛くてしみじみと好きだったから、ひづるにも伴奏を教えていた。言ったあと、まさに紫菫にぴったりの曲じゃないかと思った。

朝露に濡れた匂い馨《かぐわ》しき可愛い菫。葉陰に身を寄せ恥じらい隠れる菫。

弦を張り替えたばかりのバイオリンの音はまだ硬い。何音か弾いたあと眉を顰《ひそ》め、それでも「まあいいか」と言ってひづるは私に頷いた。息を吸う、空洞を膨らませ満たす、身体中の鳴りそうなところをぜんぶ震わせ、声が天まで届くよう祈る。

“Rugiadose, odorose violette graziose”

――綺麗な少年。私たちが見つけた綺麗な少年。

歌いながら、裸足にスニーカーの踵《かかと》を潰してつっかけているだけの白い足首を見つめた。私とひづるはこんなところでも似ていた。今日の昼休み、彼女は「紫菫の手首の骨が出っ張ったところが良い、小指側の」と言ったのだ。そこにはくるぶし、みたいな名前はなく（厳密には尺骨茎状突起というらしいが）、ひづるは「紫菫の手首のビー玉」と名付けたそうだ。私はくるぶしの小指側が良いと思った、と打ち明けたら、彼女はそれは足首のビー玉だと言った。

綺麗な少年の身体にはビー玉がよっつ。薄い肌の中からえぐり取ったらそれはどんな色をしているのだろう。青磁のように薄い青だと良い。でも、ニオイスミレのピンクでも良い。いっそ何色にも染まったことのない透明でも良い。夏空の木陰で私たちが演奏を終えると、紫菫は二秒くらいののち、手が痛くなりそうなほどの拍手をくれた。

「すごい！　すごいね！　なにふたりとも、もうプロなの⁉」

「ちがうよ、コンクールにも出たことないし」

「もったいない、なんで出ないの？」

「先生の方針」

それに将来がどうなるかなんて、私たちの歳ではまだ判らない。先生の腕から解き放たれたとき、眼前に広がって見える世界を想像するのが怖い。そう思わされていると自覚しながらも、私は先生の腕に縛られつづけている。きっとひづるも。

蚊に刺された腕を掻きながら三人で美術棟へと移動した。紫菫は廊下に出してあった大きなオブジェを慎重に室内へ運び込む。太い針金のようなものが複雑に絡み合うそれはまだ骨組みだろう。

「何を作るの？」

「まだ判んない」

「今までは？　何作ってたの？」

「彫刻。でももう中学で賞を獲っちゃったから、今度は何かを掘り出すんじゃなくて骨から作ろうと思って。でも決まらないんだ、見えないの」

紫菫は私たちのためにと椅子をふたつ用意してくれた。私たちはそれに座り、紫菫の姿を眺める。未完成そのものの少年が自分の身体よりも大きなものをゆっくりと作り出してゆく過程は、見ていて飽きなかった。ときおり赤いマジックで針金にしるしを付ける。蓋《ふた》を歯に咥えたまま思案する顔、眉間には皺が寄ったり寄らなかったり、それさえも愛しい。

「……たのしい？」

あまりにも凝視しすぎていたためか、紫菫は困った顔で笑いながら私たちに尋ねた。

「とっても」

「私たちは昔の人が作ったものをほかの人が作ったルールやツールで表現するだけだけど、自分でそうやって何かを生み出すのってすごい」

昨日初めて美術棟を訪れ、私も同じことを思った。でも一日経ってその言葉はこの部屋の中に存在する私たちを薄く隔《へだ》てるものを表す。先生の方針で、世間に出ていないひづると私。でも紫菫は既に中学で何かの賞を獲り、世間に出た。今はそれよりも更に広い世界へ挑もうとしている。その先に広がる世界はおそらく彼のものになる。

昨日出会ったばかりだというのに、私は彼を所有したいと願っていた。そっと隣を見るとひづるもこちらを見た。そして彼女は私の手を握る。

私もおなじ。

少しだけ熱を持った手のひらから、短い言葉が伝わった。

翌日は雨だったので、校庭を横切らなければならない美術棟まで歩くのが億劫で行かなかった。紫菫に会うことはできなかったけれど、彼の姿を想像するだけで一日が楽しかった。その次の日の放課後、Ｅの部屋の中でひづるの白い背中には黒々としたｆ字孔があいた。似合う？　と尋ねるひづるに私と紫菫は似合う似合うと褒め称える。余った染料で紫菫は私の足首の内側に小さなダブルシャープを描いてくれた。靴下で隠れる位置だから誰にもばれない。

「よくこんな記号知ってたね、紫菫」

「手裏剣みたいでかっこいいじゃん。コーダもかっこいい」

「音楽やってたの？」

「ピアノをちょっと。でも習わされてただけでぜんぜん上達しないからすぐやめちゃった」

　でも記号とか覚えるのは好きだった、と道具を片付けながら紫菫はつづけた。もし彼に造形の才能がなければ、音楽側の人だったのかもしれないと思うと、彼に芽吹いた美術の才能に嫉妬を覚える。

　雨の降った昨日はレッスンのない日だったが、私はひづると別れたあと先生の家に寄り、「コンクールに出てみたい」と伝えた。夏休みには学生のコンクールがある。申込みをしたい、と学校で調べて書類を持参したけれど、先生は何も言わず、窓の外の雨空のように表情を曇らせた。その顔を見て私は書類を鞄の中に戻した。

　そもそも先生は私をこの学校に入れておきながら、私が学校の講師に教えられることを嫌がった。防音室と講師の予約は早い者勝ちだ。声楽の講師はひとりきりで、音大の講師が副業でやっているという。最初にレッスンを受けたときにそう聞いた。先生よりもだいぶ若い講師は、私に早く表舞台に出るべきだと言った。これだけ綺麗な子なら話題にもなる、何よりまだ若くてここまで歌える子はそういない、と。講師に言われたことをそのまま先生に伝えたら、先生はもう二度と講師のレッスンを受けるなと言った。そういうわけで、私はいつもあぶれている。

先生の眉間に寄った小さな皺を思い出しながら、私は内果《ないか》の上に刻されたダブルシャープを見つめた。全音上げる。どこに上がるのかな。F♯？

私は裸足のまま、ひづるは上半身裸で前を隠したまま、夕方までEの部屋で過ごした。私もひづるも中学まで共学だったが、男子生徒とこんなに長い時間一緒にいるのはおそらく初めてだ。中学生のとき、ひづるは手を守るために体育の授業を受けていなかった。それをずるいと女子生徒に非難され、勘違いしたナイト気取りの男子生徒のせいで余計に苛められる。私は喉を守るためにいつもマスクをつけていた。それがおかしいと色気づいた女子生徒に馬鹿にされ、マスクを取れば他校の男子生徒にまで付きまとわれる。

こちらには目もくれず黙々と何かを作り出している紫菫にとって、私たちはただの静物だ。それが嬉しい反面、悔しかった。悔しいと思うのも初めてだった。彼の目は私たちを映しておらず、今作っている作品とその先の彼の世界だけを望む。私たちの目には紫菫の身体とその中に埋め込まれたビー玉しか見えていないのに。

彼の身体の中が共鳴するただの空洞なら、どんなに良かったか。

やがて外から雷鳴が聞こえた。ティンパニに似た遠雷は徐々に近づいてくる。

「帰ったほうが良くない？」

紫菫は私たちに言った。外が一瞬白く光ったことで初めて雷に気づいたようだ。結構大きな音がしているというのに、彼の耳には聞こえていなかったらしい。

「うん、じゃあそろそろ帰る」

私が答えあぐねていたらひづるが言って席を立った。ブラウスのボタンを留め、帰ろう、と私の手を取る。紫菫は美術棟の入り口まで私たちを見送ってくれたあと、また階段を上っていった。

「ねえ絵梨、寄り道して帰ろう」

バス停でターミナル駅までのバスを待っていたら、珍しくひづるが誘ってきた。

「良いよ、どこに行くの？」

「とりあえず、駅ビルかな」

バスに乗り込んだ途端、重そうな灰色の空から大量の水滴が落ちてきた。

駅ビルの雑貨店で私たちはそれぞれふたつのビー玉を買った。

吟味に吟味を重ねた結果、ひとつは無色透明のもの、もうひとつは丹念に磨いた骨のような、白に青と黄色のラインの入ったものにした。小さなころお父さんからもらった古いインク瓶にひとつずつビー玉を入れ、ベッドの上で眺める。インク瓶の色は淡いブルーグリーンで、ビー玉は晴れた海の中を漂っているみたいに見える。ひづるはふたつとも青い螺旋《らせん》模様の入ったものを買っていた。彼女は紫菫の欠片《かけら》を何に収めただろう。あの手が奏でるバイオリンの音色のような、冷たい水の中に沈めたのだろうか。

外の雨は降ったり止んだりで、身体がとてもだるかった。瓶を振ってみても、あまり良い音はしない。もっと大きくて透明な鉛硝子の瓶じゃないとダメかもしれない。重い身体を起こし、階段を下る。家政婦さんは帰ったあとだから家の中には誰もいない。リビングのサイドボードの中から透き切子《きりこ》の水差しを手に取ったとき、横に並んでいた家族写真が目に入った。お父さんにもお母さんにも入学式以来会っていない。先生は先生の家に住んでも良いと言ってくれるけれど、あの家に住んだら私はきっと本当に先生のための楽器になってしまう。そんな気がして、断った。

階段を再び上るのもだるく、私はひんやりとしたリビングの床に寝転がり、水差しを振った。鉛硝子の瓶の中で、思ったとおりビー玉はとても良い音を奏でた。だだっ広い部屋、無駄に高い天井の下、小さな雨の音から逃れるように目を閉じて紫菫の顔を思う。瓶を振る、硬くて澄んだ音が響く。

これはえぐり取った少年のくるぶし。

私が奪ってしまったから、紫菫は今、歩けない。暗い雨の中で倒れ込んだ紫菫は手をついて立ち上がろうとするが、手首のビー玉はひづるが取っていってしまったから、立つこともできない。硝子の割れるような音を立ててくずおれた少年の身体を、雨が蝕《むしば》んでゆく。

……誰にも見つからずに雨に打たれっぱなしでいたら、どれくらいで死ぬかな。

くるぶしは持ち主を恋しがり、瓶の中で悲しく冷たい音を鳴らす。

床に寝転がったまま私は眠りに落ちた。久しぶりに見た家族写真のおかげで、小さいころの夢を見た気がするが、こちらはよく憶えていない。一度ぼんやりと覚醒したあとに再び見た夢の中、私はひづると一緒にEの部屋で紫菫を眺めていた。手首に穴のあいた彼の手が作り出すのは彼自身で、創造主よりもひと回り大きな紫菫は手首と足首にビー玉をはめ込まれると、ゆっくりと歩き出す。創造主の手を取って。

私は椅子に座ったまま立ち上がることができない。足元を見たら両のくるぶしがえぐり取られていた。待って、という声が意味を持たないただの音になり、彼らが部屋から出てゆくのを眺めていることしかできない。隣の椅子を見ると一台の真っ白いバイオリンが立てかけられているだけだった。手を伸ばしそれを取り、弾こうとしたが弓がない。

待って、助けて、行かないで。

叫びながら私はバイオリンの弦を指で弾く。弾いたそばから全ての弦が切れる。よく見ればそれは弦ではなく細い髪の毛で、痛い、と泣くひづるの声が聞こえて私はバイオリンを胸に抱く。

弦を探さなければ。弓を探さなければ。それよりも早くくるぶしの代わりになるビー玉を見つけなければ歩けない。足首にできた空洞は侵食してゆく。身体の中はあっというまに空になり、叫び声は洞《うろ》を増すほど良い音に変わる。私が十歳のとき、お母さんは私の声を神様に愛された声だと評し、先生に託した。先生は私が神様に愛されることを恐れ、私を神様から隠しつづける。腕の中で泣いているバイオリンの駒には小さなDの刻印。

ねえ、私の身体にもDのしるしはあるのかな。

そうしたら神様はいつか私を見つけ出して治してくれるのかな。


「良いなーひとり暮らし。やりたい放題じゃん」

週が明けて夏休み前最後の登校日、紫菫が私たちの予定を訊いてきた。最後の二週間はドイツに行くがその前はほぼ先生の家で過ごすことを伝えると、どういう生活状況なのかを訊かれ、両親共にドイツにいると伝えたら、心底羨ましそうに言われた。ひづるも半分は軽井沢で過ごすという。

「ふたりとも一緒に来られれば良いのに」

ひづるは残念そうに口を尖らす。

「先生に許可をもらえたらね」

「うん、来て来て」

私の言葉に嬉しそうにひづるは笑い、紫菫に向き直り、言った。

「軽井沢が無理なら明日は私の家に来てよ、絵梨も一緒に。バーベキューしよう」

「タダメシなら行く」

「当たり前でしょ、お金なんか取らないよ」

だいたいいつ見てもカロリーメイトと水しか摂取していない紫菫の口からタダメシなどという言葉が出てきたことが可笑しかった。けれど僅かなひずみも感じた。できれば私は学校だけで完結していたかった。お互いの家には踏み込みたくないし踏み込まれたくない。紫菫と一緒にご飯を食べたいとも思わない。だから、軽井沢にはたぶん、行かない。

一時間ほど経ったころ、Eの部屋に来訪者があった。紫菫よりも頭ひとつぶんくらい上背のある大きな男子生徒で、どこかで見た記憶があるが思い出せなかった。部屋の中に私たちの姿を認め、こちらばかり見ているのに、紫菫は気に留めず親しげに喋りにゆく。今まで私たち以外と話している紫菫を見たことがなかったので、なんだか興味深いのと共に悔しさも感じた。彼には美術科の友達がいる。それは私にひづるがいるように当たり前のことなのだけど。

　背の高い男子生徒は紫菫と会話をしながら私たちのほうを見つづけていた。私たちはずっと紫菫を見ていた。そのうち紫菫は私たちを振り向き、「ねえ佐原さん、コイツがモデルになってほしいって、専攻は油なんだけど」と言った。横で舌打ちをする音が聞こえる。私ではなかったことに安堵し隣を見ると、ひづるは心底イヤそうな顔をして「イヤだ」と声高に答えた。

　腹を抱えて笑う紫菫と、憎々しげにこちらを見る背の高い男。彼は踵《きびす》を返しEの戸の前から姿を消した。戸を閉めて戻ってきた紫菫は、「あんなこと言うの佐原さんくらいだと思うよ」と再び笑った。

「なんで?」

「あいつ返還不要の奨学金でウチに来てる特待生だから。すごい絵描くんだ」

「興味ない」

　不貞腐《ふてくさ》れた顔でひづるは答えるが、少し考えたのち、

「でもそれで紫菫が気まずい思いをするなら、引き受けてあげても良い」

　と珍しく殊勝なことを言った。紫菫は即座に首を横に振る。

「別に気まずくなんてならないから大丈夫だよ、気にしないで」

　ひづるも私も、その言葉を信じた。

夏休み初日、昼の十二時、思いなおして私はひづるの家へ行った。電車で三十分くらいのところにあった。ひづるのお父さんは私のお父さんと違い、音楽は趣味として嗜《たしな》む程度という人で、職業は弁護士だそうだ。当然ながら留守だった。もてなしてくれたお母さんはひづるに似たとても綺麗な人で、専業主婦だからいつも家にいるという。ひづるにとって初めての友達だと、私の訪問をものすごく喜んでくれて、少し照れくさかったけれど、来て良かったのだと思った。

しかし一時間経っても紫菫は来なかった。電話番号を知らないので連絡の取りようがなく、ひづるは彼の不在に苛つきはじめ、私は逆に何かあったのではないかと心配になった。

「ねえ、もしかして約束忘れて学校にいるんじゃない？」

夏休みも学校に来て作業してると思う、という彼の言葉を思い出し、私は言う。

「そうかもね、迎えに行って連れてこよう」

ひづるは頷き、お母さんにお金をもらってタクシーを呼んだ。午後二時になる少し前にタクシーは学校に着き、私たちはうるさいほどの蟬の鳴き声の中、走って美術棟へ向かう。扉は施錠されておらず、中に入ると効きすぎの冷房に一気に汗が引いた。

Eの部屋の戸は開いていた。中で、紫菫が倒れていた。

作りかけのオブジェもばらばらに壊されていた。床やオブジェの残骸の上に点々と散っている赤い色は、絵の具ではなく血だ。その証拠に、仰向けに倒れた紫菫の顔と腹部は真っ赤に染まっている。

名前を呼ぶことも、駆け寄ることもできず、私とひづるは手を取り合い、自らの意志によってではなく床に転がっている紫菫を見つめた。

「紫菫、だよね」

「……うん」

どうしよう、どうすれば良いのだろう。私はこわごわと足を進め、打ち捨てられた人形のような紫菫のそばにしゃがみ込んだ。腹部には穴があいていた。顔の片側を覆う手をどけると、目の上を斜めに切り付けられていた。心臓が痛くて、身体中から汗がふきだしてくる。震える指を鼻の下に差し出したら、弱々しくだが呼気を感じられた。

「生きてる」

私の言葉にひづるもそばに来て、手首を取った。

「脈も、弱いけどある」

血に濡れて額に張り付いた柔らかな髪の毛を指先で分ける。顔に触れても、赤く汚れた頬はぴくりとも動かなかった。無残な傷口から目が離せない。傷つけられたとき、眼球はどんな音を立てたのだろう。

……助けを呼ばなければ、たぶん紫菫は死ぬ。

けれど誰かを呼べば紫菫は助かり、数日前に見た夢みたいにいつかこの部屋から出て行ってしまう。

「……今、何を考えてる？」

「たぶん絵梨と同じこと」

手首を取ったままひづるは答えた。足元には見たことのない形の刃物があった。僅かに先のほうが広がった細長いヘラのようなそれは、ぶ厚い刃も木製の柄も血に汚れていて、私が取り上げひづるに手渡すと、彼女は躊躇うことなく、摑んだ少年の手首にその切っ先を突き立てた。鈍く硬い音が何度か聞こえたあと、ひづるは破けた皮膚と薄い肉の中に指を潜らせた。尖った骨を取り出そうとしてもそれは尺骨とつながっているから、ビー玉みたいには取り出せない。

ひづるが指を動かすたびに血が溢れる。取れない、と悲しそうに呟いたあと、彼女は私に刃物を手渡した。私は裸足のくるぶしにそれを突き立てる。ゴツ、と骨にあたる感触が鋭く手に響き、幻痛に涙が滲んだ。

鳴らない。

どうして。

鳴るはずなのに、音が出るはずなのに。

鳴ってよ、ねえ。

祈りながら、切っ先を再び打ちつける。紫菫の身体は固く私を拒絶する。

今、このEの部屋ごと時間が止まって、誰にも見つからないどこかに閉じ込められてしまえば良い。動かない紫菫は血を流しながらも生きつづけ、四つの穴は身体を侵食しやがて空洞になり、紫菫は少年の形をした楽器になる。骨は鍵盤に、髪の毛は弦に、くちびるは歌口に。そうすれば笑う紫菫も泣く紫菫も全て私たちのもの。神様に愛されるくらい綺麗な音を奏でられるよう、蜜の匂いがするニスを毎日肌に塗り込んであげよう。傷つけぬよう柔らかな絹のクロスで、自ら動かすことのできない爪の先まで隙間なく。そして尖骨をえぐり取ったあとの黒い穴に私たちの涙を毎日一滴ずつ垂らせば、いずれそこには可憐な菫の花が咲く。たくさん。たくさん。たくさんの花。

何度も何度も刃物をくるぶしに打ち付け、洟《はな》を啜《すす》り上げたらひづるが私の肩を抱いた。動きを止めた私の手も肩に置かれたひづるの手も血まみれで、私たちが殺人者みたいだった。

「……救急車呼ぼう、電話、持ってたよね?」

「……うん」

鞄の中から、親に持たされてはいるものの普段は誰からもかかってこない携帯電話を取り出し、赤い指先で1と1と9のボタンを押した。

私たちは第一発見者として事情聴取を受けた。第一発見者というよりも状況的には明らかに容疑者なのだが、ひづるの母親が当日どのような状況で私たちが学校へ向かったのかを説明してくれたのと、何よりひづるの父親が警察にも名の知れたとても有名な弁護士だったらしく、疑われすらしなかった。刃物は救急車が来る前に洗って隠し、後日私が持ち帰った。

紫菫はおなかにあいた穴を縫合され、輸血され、二日後には朧気にだが意識を取り戻した。しかし片側の視力は失った。今後彼の左目はもう二度と開かない。彼の母親は私たちを疑い、病室に入ることさえ許されなかったのだが、意識を取り戻したあとの、彼女たちじゃない、という息子の言葉に手のひらを返したように見舞いを歓迎した。

私たちがえぐろうとした手首と足首も縫合されたらしく、幾重にも包帯が巻かれている。顔の半分も包帯で覆われた紫菫は、痛み止めの薬により夢うつつで、透明で、脆そうで、本当に綺麗だった。私たちはレッスンをサボり、毎日病院へ通った。

「ねえ、刺したの、あの特待生だよね」

事件から五日後、ようやくきちんと喋れるようになった紫菫にひづるは尋ねた。紫菫は答えなかった。犯人はまだ捕まっていない。

「私がモデル断ったからだよね」

「違う」

「私が紫菫と仲良くしてるからだよね」

「……」

「ごめんね、痛かったよね」

「違うから」

眉間に皺を寄せたまま、紫菫は私たちを見ない。やがて寝息が聞こえてくる。夕方まで彼の姿を眺め、私たちは別れた。

六日ぶりに先生の家へ行ったら、怒られた。レッスンを無断でサボったことを厳しい言葉で戒めたあと、私を抱きしめた先生の首からはロリガンの匂いがした。

守られていると思う。先生は正しい。人に見られることは、人に知られることだ。私はまだ十五歳で、人に知られたあと自分の身を守る術《すべ》が判らない。だから、大人である先生が守ってくれる。守られなければならない。

その日から、新しい曲に入った。モーツァルトの夜の女王のアリア。ずっと歌いたいと願っていた、私が思う「史上最も弦楽器的な歌」だ。鍵盤でもトリルが多くて初見では弾けないであろうコロラトゥーラを、そもそも人に歌わせることが狂気の沙汰だと思う。更にこの曲の日本における正式な題名は「復讐の炎は地獄のように我が心に燃え」である。

——私、紫菫が好き。

今日病院を出たあと、ひづるは言った。そして蹲《うずくま》って泣いた。

——知ってる。私だって好き。でもきっとその好きは受け入れてもらえない好き。

突き立てた金属を、骨が弾き返した硬く鋭い痛みがまだ手のひらに残っている。

——私、あの特待生を殺そうと思う。

——私も殺したいと思う。

——うん。大丈夫、私たちのことは何があってもパパが守ってくれる。

病院の上に広がる夕暮れが今思えば一面の炎のようだった。私の心には地獄の復讐が煮え滾《たぎ》り、私の身体を絶望と死が焼き尽くす。それは全てを押し潰す冷たい水のような絶望と、救いの光のような死。


翌日も私たちは連れ立って病院に行き、紫菫の寝顔を眺めた。一時間後くらいに目覚めた紫菫は、ちょっと困ったように笑い、久しぶり、と言った。

「昨日も話したよ?」

「憶えてないや、ごめん。起きてても記憶ないときがあるらしくて」

紫菫は自分が刺されたことよりも、目を失ったことよりも、制作過程にあったオブジェが破壊されたことのほうを悲しんだ。夏休み明けの作品展に出すために作っていたのだという。ほかの生徒たちも学校で作品を作っているのか尋ねると、個人でアトリエに通っている子たち以外はだいたい学校に来ているはずだ、と答えた。

「また明日来るね」

「無理しないで良いよ、レッスンあるでしょ」

「迷惑？」

「ぜんぜん。俺は嬉しいけど」

作品じゃなくて自分に興味を持ってもらえたのが初めてで嬉しい、と、紫菫は言った。罪悪感に息が詰まる。興味はある。しかしおそらく彼が期待する興味ではなく、私たちはその感情を言い表す正確な単語を知らない。「好き」だけど、それが愛や恋であったならば倒れている紫菫を見たとき迷わず１１９を押していただろうし、足首と手首に余計な縫合痕を残したりはしなかった。

病院を出て、学校へ向かう。南の空から雨雲が湧いてきていた。電車に乗っている最中、雨が降り出した。ボックスシートに隣り合って座り、手をつなぎ雨の音を聞く。

「私、コンクールに出たいって先生にお願いしたの」

ひづるは外を眺めながらぽつりと言った。

「どうだった？」

「まだダメだって」

「私も同じ」

――すごいね。ふたりとも、もうプロなの？

なんの邪気もないキラキラとした目でこちらを見上げ、拍手をしてくれた紫菫。確実に私たちの手から遠のいてゆく彼の言葉に、私たちはいつまで縋《すが》っていられるだろう。

ふたりでひとつの傘を差し、美術棟に向かう。ホールには誰もいなかった。ただ放置された彫刻やブロンズのいくつかは作業が進んでいるように見える。いつ誰が作業しているのか判らない。私たちはとりあえず一階の奥の部屋から見てゆくことにした。意外とすぐに見つかった。奥から二番目のＩの部屋で、特待生は椅子の上に蹲っていた。

「特待生！」

Ｉの部屋。愛の部屋。なんだか笑ってしまいそうになっていたら、ひづるは隣で力任せに戸をあけ、鋭い声で叫んだ。特待生は弾かれたように立ち上がり怯えた瞳で来訪者を見る。窓の外は雲の中かと思うほどの大雨になっていた。雷鳴が轟き、全ての音を掻き消す。

「やっぱりモデルになってあげる。ただしふたりを描いて。私だけじゃなくて絵梨も一緒に描いて」

傍らの大きなカンバスは真っ白だった。どうして、と特待生は私たちに問う。

「なにが？」

「……どうして、俺じゃないんだよ、どうしてあいつなんだよ」

「答える必要、ある？」

それでも描きたいんでしょ、と私が問うと彼は頷き、悔しそうに俯いた。

ひづるはイーゼルの横の机から鈍く光るパレットナイフを取り、私に手渡したあとブラウスのボタンを外し始めた。何かされたら刺してくれということだろうが、パレットナイフで人は殺せるのだろうか。露《あらわ》になった白い背中にはまだ色褪せぬ、むしろ深さを増したf字孔がくっきりと浮かび上がる。私に抱きつくようにして特待生に背を向け、「早く描いて」とひづるは言った。慌てて、本当に慌てて彼はパレットに絵の具を何色も搾り出し、スパチュラで真っ白なカンバスを何色かに塗りつぶし始めた。テレピン油の匂いで酔いそうになる。

背を向けたひづるからは見えないけれど、私は彼の顔を見て、私と同じように、きっとこの人の中にも洞があるのだろうと思った。私たちを映す眼球がそもそも洞だ。その虚空に取り込まれた私たちは彼の手を通じて再び生まれる。外に出される。私たちも平面に並んだ音符を取り込んで、旋律に組み立て外へと放つ。世間に才能を認められ期待されている者が、何を描くのか、何を生むのか、少しだけ興味があった。でも特待生は綺麗ではなかった。手に余る大きすぎる身体は私たちの心に何も響かなかった。別に、いなくても構わない。

雨は止まなかった。やがて窓の外は闇に覆われ、硝子窓には青白い蛍光灯の明りの下、私たちの姿が映る。ひづるのバイオリンの音色が聞こえそうな、冷たい水の中のような部屋。天馬の弓がほしいと思う。痩せた背中はきっと良い音を出すだろうに。

足も腕も痺れ時間の感覚がなくなってきたころ、窓の外が微かに紫色へと染まり始めた。そして、特待生は音を立てて椅子から立ち上がった。雨の音と吐息、そして画材が触れ合う音以外、この部屋に生じた初めての音だった。

「できた」

幾分か頬のこけた特待生は言い、私たちは身体を離し、ひづるは床に落ちたままのブラウスを拾い上げて羽織ると尋ねた。

「油絵って何日もかかるものじゃないの？」

「完璧な下絵にしたからあとは重ねていくだけ」

そう言ってやつれた頬を僅かに上気させた彼は、慎重にイーゼルを私たちのほうへ向けた。

カンバスには、私たちが描かれていた。塗り重ねられた何色とも形容し難い闇の中に、私の顔、そしてひづるの横顔と白いバイオリン。それは私たちであり、私たちではなかった。そこに生命は宿っていなかった。偶像のように美しく描かれた、ふたつのただの楽器だった。

ひづるはパレットナイフを握る私の手の上に驚くほど熱い手のひらを重ねた。私は彼女の手を離す。指を傷つけてはいけないと思ったから。しかしひづるはナイフを奪い、静かな声で言った。

「目を開けていて。絶対に最後まで閉じないで」

そして木枠の端を反対側の手で掴むと、画布にナイフを突き立て一気に切り裂いた。やめろ、と男の悲鳴が響いた刹那、焼け付くような眩暈《めまい》の中で幻を見た。ひづるが私の喉を切り裂く幻、私がひづるの手首を切り裂く幻。弧を描いて宙を舞う血が爪紅《つまべに》の落花のごとくカンバスに降り注ぐ。痛みはなかった。それは救いにさえ思えた。

「私はバイオリンじゃないの！　ちゃんと呼吸もしてるし考えもしてるの、ただの楽器じゃないの、生きてるのよ！」

バイオリンになりたいと願うひづるの、それが本音だろう。押さえつけようとする特待生の腕を振り解き、なおもひづるは絵を裂きつづける。生ける楽器として世界に見つけられないままならば、思考も感情も持たないただの物体としての楽器になり、誰かに見つけてもらえるのを待ったほうがよほど苦しくない。

高く、冷たい、バイオリンの音が聞こえる。それはひづるの叫び声だった。

もし私が歌を歌えなかったら、もしひづるがバイオリンを弾けなかったら、私たちは出会うことも互いを補完するように惹かれあうこともなかった。秘された場所から逃れられない者同士、互いを縛り付けるかのごとく第三者を欲することもなかったし、分け与え所有することも望まなかった。木々の間から見た、真昼の眩《まぶ》しい陽光の下で走る生徒たちと同じように、知り合うこともなく広々とした世界の上で笑っていただろう。ひづるは絵の具に汚れたパレットナイフを私に寄越す。ぼろぼろに裂かれた絵だったものの前で震えながらしゃがみ込む特待生の髪を摑み上げ、私は黒い洞に向かって言った。

その洞の奥にあるはずの画布に。

「目を閉じないで。今度こそちゃんと最後まで私たちを描いてね」

"Der Hölle Rache kocht in meinem Herzen,"

喉を切り裂かれた屍は歌う。胸に抱いた鉛硝子の瓶の中ではビー玉が警鐘のように鳴り、幻の屍はDのしるしを刻む誰かに届くよう、ありったけの声で歌う。

"Tod und Verzweiflung flammet um mich her!"

手に骨の当たる感触が響き、眼球に潜った刃の際からは生温かな血が流れ落ちた。ざらついた悲鳴に掻き消され、望んでいたような綺麗な音は聞こえなかった。

暑いさなか、口を閉ざしたままひづるは軽井沢へゆき、私はミュンヘンへ渡った。四ヶ月ぶりに会う両親は娘が人を刺したことなど知らずに、学校生活や先生との暮らしについて穏やかな口調で尋ねる。

男の子と仲良くなった、と言うと彼らはとても驚いた。喜びもした。

「すごく綺麗な子なの、美術科の子」

「そう、冬はこっちに連れておいで」

「うん。でもね、もうひとり仲良くなったバイオリンの女の子がいてね。その子は彼を軽井沢に連れて行こうとするの」

「いやだ、三角関係なの。初恋のくせに大変じゃない」

「そんなんじゃないってば」

私は断じて「両親に置いてゆかれた可哀想な子供」ではないけれど、もしかして一緒に住んでいる親子ならば、男の子との出会いから一時の別れまでを、一ヶ月もの時間を置いて話すことはないのかもしれないと思う。

部屋の窓からは広場が一望できる。ピンクや黄色や緑の壁のお城みたいな建物たちに囲まれた夕暮れの空の下、たくさんの人が笑い、食事をしお酒を飲み、それぞれの家へ帰ってゆく。

私が今いる場所は、どこなのかな。帰るところなのかな、それとも行くところなのかな。

内果に刻されたダブルシャープはだいぶ色が薄くなってしまったけれど、まだ疼《うず》く。

全音上げる。上がったら、どこに行けるのかな。

どこかに行きたい、と言ったら、じゃあ明日は日帰りで旅行をしよう、とお父さんは言った。ノイシュバンシュタイン城にでも行こうか、と娘を精一杯喜ばせようとする言葉に何故だか鼻の奥が痛くなった。涙を堪えるため、スカートのポケットに忍ばせたビー玉を手のひらにぎゅっと握る。

日本に戻ったら夏休みがあけている。そのとき私とひづると、そして紫菫は、一緒にいることができるだろうか。誰かが欠けたとき、私は再び補えるのだろうか。窓の外の夕焼けが茜から紫、紫から青へ移り変わるさまをひたひたと身体の洞に満たしながら、遠い場所から聞こえてくる澄んだビー玉の音に耳を澄ませる。

否、欠けることはない。私とひづるは決して途切れない糸の端を握っている。私たちはどこかへゆくのではなく、そこに留まったまま紫菫という輝く世界を手に入れた。私は歌い、ひづるはバイオリンを弾き、いずれ私たちは紫菫の終わらない世界になるのだ。

「そろそろ夕飯だな。絵梨、どこに行きたい？」

「お父さんの行きたいところ」

私は手の中のビー玉を強く握り直し、笑って答えた。

針とトルソー

海と違って、湖だと人の身体は浮かずに沈むらしい。ということは、比重が人の身体と同じ程度のものならば、きっとなんでも沈む。

どれほど多くのものがこの湖の底に沈んでいるのだろうか。

けれど、そもそも海に人の身体が浮かぶのならば、遭難や難破などの際に行われる海難救助はそんなに難航しないはずだ。その事実を加味すれば海にだって人の身体は沈む。生きる意志を失った人、失わざるを得なかった人は、海だろうと沈む。

「しょっぱくないよ」

岸の浅いところに寄せてくる澄んだ水に手を浸し、指を舐めて逸子《いつこ》は言った。長い髪の先が屈んだ拍子に水面に触れたらしく、茶色い毛先からは雫が垂れている。

「でもこれ湖じゃなくて海に見えるよね」

お腹壊したらどうするの、あなたすぐにお腹痛くなるでしょう。

そんなお母さんみたいな言葉を呑み込み、海だね、と答えて私は霞《かすみ》がかった対岸を見極めようとする。逸子の言うとおり、日本最大の湖はまるで海だ。果てが見えない。

水の岸に寄せる音がだんだんと速くなってきている。逸子の髪が風に靡《なび》く。ふたりだけの、初めての旅行だ。京都の天橋立《あまのはしだて》を目指すはずの私たちは、なぜか京都から電車に乗り、見知らぬ駅をいくつも過ぎ、かつてナントカいう武将が城を築いた跡地まで来ていた。

逸子は実家の関係で何度か京都に来たことがあるという。私は初めてだ。だから京都市内を少しくらいは散策したかったのだけれど、逸子の立てた計画にそんな暇はなかった。

琵琶湖に立ち寄るのは逸子の希望だった。何故こんな渋い場所を選択したのか判らなかったが、たぶん逸子もそれほど深く考えてはいないだろう。

「広いねえ。学校の校庭、どれくらい入るだろう」

「それって『東京ドーム何個ぶんの広さ！』とかそういう感じで？」

「うん。きっと東京中の学校の校庭ぜんぶ入るよね」

晴れていればキラキラと輝くであろう湖の上に広がる空は、生憎《あいにく》の曇りだった。琵琶湖沿岸部の三月は真冬だ。東京ではもう暖かな日がつづいていたので油断した。薄手のコートの前を掻き合わせ、私たちはちょっとしょんぼりな天気の卒業旅行のゆくえを案じる。

「明日は晴れると良いねえ」

「そうだねえ」

そんなことを言った途端、細かな雨粒が私たちの頬を濡らした。

明日は雨が降ると良いねえ、という会話をしたのはほんの半年前のこと。私たちは体育祭が大嫌いだった。


驚異的な運動神経のなさと、学校行事に対する絶対零度的熱意のなさに関してだけ、私と逸子は共通していた。

体育の授業の時間、私はほとんど最初から保健室で過ごしていた。そして、いつも五分後に隣のベッドに入ってくるのが逸子だった。カーテンに隔てられているので姿は見えなかったが、微かに漂ってくる香水の匂いで彼女だと判った。

文化祭の日も、私は朝のホームルームだけ顔を出してあとは図書室で過ごしていた。体育祭の朝、そもそも逸子は教室にいなかった。体育祭は文化祭ほど監視が緩くないためサボるのが大変で、学校を休むことを許されていなかった私はひたすら雨が降ることを願っていた。

そんな私と逸子は高校の三年間同じクラスだったのだが、最初の二年はほとんど口をきいたためしもなかった。

髪の毛が黒くない娘は良くないおうちの娘。そんな娘と付き合ってはだめ。母親は私が中学にあがったころからそう言いつづけていた。髪の毛がむやみに長い娘はふしだらな娘。

そう信じる母親のおかげで、私は生まれたときからおかっぱ頭だ。髪の毛を変にいじくってる娘は頭の悪いバカな娘。だから私は今までドライヤーも整髪料も使ったことがない。当然のごとく、お化粧をしたこともない。

中等部から持ち上がりで、高校一年生になって同じクラスに振り分けられた逸子は、髪の毛が茶色くて長くて裾のほうが西洋の子供のようにくるりと巻き毛になっていた。リベラルな校風を謳《うた》う学校は、それほど規則が厳しくなかった。逸子の髪の毛は生まれたときから茶色く、親の趣味で短くすることができず、巻き毛は天然だという。

同じクラスで逸子を見たとき、私は怖かった。彼女は制服のプリーツスカートを左右でアシンメトリーになるよう改造し、ジャケットの釦《ボタン》は校章入りの鈍色《にびいろ》のものではなく、土星のような模様が描かれたべっこう色の楕円の釦に付け替えていた。そんな悪いおうちに生まれた、ふしだらでバカな娘に怯えたのだ。よくよく考えると同じ学校にいたのだから「悪いおうち」の「バカ」な娘なわけがないのだけれど、「ふしだら」というのはもしかして当たっていたのかもしれない。彼女を見るたび、母の言う「ふしだら」という言葉が幾度も繰り返され、彼女の栗色の髪の毛が揺れるたび、その髪を乱す何かの存在を想像して、何故か私はモヤモヤとしていた。あとから思えばそんなことを考えていた私のほうがよほどふしだらだ。

繰り返すが、学校はリベラルな校風が売りだった。若い娘というのは、締め付けると反抗する。髪を黒くしなさいと言えば茶色くし、スカートの丈を下ろしなさいと言えば尻すれすれまで短くする。たぶん教師が面倒くさかっただけだろうが、髪が茶色かろうがスカートが短かろうが、誰も何も言わない学校だった。だから彼女たちは、なにものにも反抗できない。従ってあの学校では世の流行に反して大半の娘たちの髪は黒くまっすぐで、スカートは膝丈だった。学校の指定鞄もなかったため、皆適当な鞄に教材を詰めてくる。シャネルやエルメスのバッグを提げてくる娘たちもいたが、制服とのミスマッチ具合に気付いて恥ずかしくなるのか、彼女らも途中から適当な帆布のトートバッグに持ち替えていた。

適当な恰好で学校に来る娘たちの中で、私と逸子だけが浮いていた。

運良く、私の顔はおかっぱ頭が似合った。髪の毛にはうねりもなく、前髪と襟足をまっすぐに揃えると大正時代のモダンガールのような様相になった。制服を着崩す術《すべ》を知らない私は、ジャケットのウエストを少しだけ詰め、あとは模範的な制服の着こなしと、何かの冗談としか思えない重い黒い革の学生鞄で通学していた。勿論ソックスは三つ折りで。そんなものほかに誰も穿いていないから、足元からして私は浮いていた。

斯様な「一昔前の模範的な女生徒」である私の卒業後の進路に、クラスメイト全員が驚いた。

――母の持ってきた見合いの相手と結婚します。

六十年くらい前ならば驚かれなかっただろう。三年生になった春、早々に行われた進路指導の三者面談で、私は教師と向かい合い、言った。次の順番を待っていた女生徒がそれを耳にし、翌日にはクラスメイト全員に知れわたっていた。

本当なの、と最初に尋ねてきたのが逸子だった。別に親しくもしていない、むしろちょっぴり恐ろしく思っていた彼女に訊かれ、私はただ頷くことしかできなかった。黙ったままの私に、逸子はつづけた。

――茉莉《まり》さんて、人形みたい。

――……。

――一年のときからずっと、見た目が人形っぽいと思ってたけど、中身も人形なのね。

――……。

可哀想。最後にそれだけ言って机を離れた逸子の背中を見ながら、私は虚無感に唇を噛んだのだった。自分を可哀想だと思わないように生きている人間に向かって、安易にそんな言葉をかけないで。そう反論することもできず。

湖からまた電車を乗り継ぎ、再び京都市内を通りすぎて、京都府の端にあるホテルに着いても雨は止まなかった。案内された広い部屋の大きな窓からは天橋立が見える。途中に立ち寄った湖と同じく、宿泊にこの場所を選んだのも逸子だった。こちらは「『天橋立』なんて綺麗な名前じゃない？」というれっきとした理由があった。逸子の行ってみたい綺麗な名前の場所シリーズはほかに「プエルトリコ」「トルクメニスタン」「サハリン」などがある。どこも地理的、情勢的に行くのが大変そうな場所だ。

もし天橋立のように地味な場所でなければ、私の母も卒業旅行なんて浮ついた行事に参加させてくれることはなかっただろう（近くてもサハリンなんてもってのほか）。しかも相手は「悪いおうちのふしだらでバカ」な逸子だ。ちなみに私も逸子も、もし旅行先でどこかの悪い男にひっかかったりでもしたら、という親の反対により修学旅行には行けなかった生徒である。そんな心配は、おそらく無用なのに。

私がベッドに寝転がって目を閉じていたら、エレベーターホールで電話をしていた逸子が部屋に戻ってきた。

「もうお母さんたら心配性でイヤだ」

たった一泊の旅行だ。けれど逸子の母親は三時間おきに電話をかけてきた。

悪いおうちのふしだらでバカ、なはずの逸子のおうちは東京でも長い歴史のある呉服屋だ。私の母が逸子に心を許したのはその実家の看板のおかげだった。しかし逆に、逸子の母親は私の高校卒業後の進路を知り、娘を私から遠ざけようとした。何か金銭的な事情がない限り、十八になったばかりの娘を四十過ぎの男の後家に出すような親はいないだろう、という理由で。そういう厳しい親がいる限り、外見はともかく、逸子がふしだらでバカな娘になりようがない。逸子のうっすら散ったそばかすや頬に生えている細かい産毛が光に透けるのを見てうっとりしている私のほうが、よっぽどふしだらでバカだ。

事実、逸子は外見に反して頭が良かった。私がまったく読めない電車の時刻表をいとも簡単に読み解き、彼女は私を京都まで連れてきてくれた。

「大学行ってもきっとお母さん、授業中に電話かけてくるんじゃない？」

「えー、それは勘弁してほしいなあ」

うんざりした顔で笑いながら、逸子は私の寝転がっているベッドに腰掛ける。

逸子は卒業後、被服デザインを学ぶための大学に通うことが決まっていた。これは全身全霊をかけて親の反対を押し切った結果である。親は卒業後、すぐに店を手伝わせるつもりだったらしい。

――ねえ、茉莉さんは親の言いなりのお人形さんで良いの？

逸子が私に投げかけてきた次の言葉は、それだった。初めて口をきいた二日後、私は質問の意図が判らず首を傾げた。彼女はそんな私に質問を重ねた。

――本当に結婚しちゃって良いの？

――だってお母さんが決めたことだもん。そうするしかないよ。

――私は大学に行くよ、絶対に。お母さん反対してるけど。

私には反対できる術がない。反抗の仕方も判らなかった。

それから彼女は私をどうにか改心させようと、長いこと余計なお世話を焼いてくれたのだけど、結局私の意志（なんてものはないけど）は変わらず、それでも様々な言葉と気持ちを重ね合わせていった結果、私たちはいつも一緒にいる、仲良しの「お友達」になっていた。お昼は一緒に食べたし、教室を移動するときも一緒だったし、苦手な科目も、その科目の授業をサボるのも一緒だった。どうして一年生のときからきちんと話しておかなかったのだろう、と、きっと私だけでなく逸子も後悔していると思う。

彼女みたいに綺麗で奔放な娘がなんで私のように地味な娘に興味を持ってくれたのか、の理由を最初のうちは考えていた。自我の芽生える前の子供なら友達になるのに理由などいらないが、十歳くらいになると友情には何かしらの損得や思惑が絡んでくるものだ。

彼女の身体は呉服屋の娘としては失格に思えるほどの西洋人体型だった。硬いフラノ生地で仕立てられた制服の上からでも判る。胸が大きく腰が細く、尻が突き出ている。脚も長い。逆に私は胸が小さく身体全体が薄っぺらく脚などゴボウのようだった。思うに、逸子が私に執着した要因の主だったものは身体である。おそらく呉服屋という封建的な家で、外見がそぐわない逸子は過剰な保護を受けつつもそれなりに虐げられていたのだと思う。どこから見てもモンゴロイドという体型と顔を持つ私は、私が逸子に対して抱いた気持ちと同じような気持ちを、逸子に抱かせたのだろう。だから初めて彼女の家、彼女の部屋で「裸になって」と言われても、あまり驚かなかった。

「大学行ってきちんと服を作れたら、茉莉が着てね。発表会もあるらしいから、着てランウェイを歩いてね」

逸子は私の横に寝転がり、顔の上にスケッチブックを広げ、自分で描いた今までのデザイン画を見せてくる。ベッドがきしみ、枕が傾いてふたりの頭が軽くぶつかった。

「これが可愛い、この水色のドレス着たい」

「えー、茉莉にはピンクのほうが似合うよう」

「じゃあこの水色のは、誰のために描いたの?」

「ほかの誰かのため」

「ならほかの人にモデルやってもらえば?」

私はわざとらしく頬を膨らませ、背を向ける。キャッキャと笑いながら逸子は背中にくっついてくる。首筋に、柔らかな逸子の吐息がかかり、私はぎゅっと脚の間に力を入れた。

大学行ってきちんと服を作れたら、というときが来るのだろうか。

彼女が大学に行ったら、私は彼女から離れなければならないのに。


五年前、父親が死んでから、極太の大黒柱を失った母は彼女が背負っていたものすべてを私に背負わせた。ふたつ年上の兄は高校一年のときに引きこもり始め、もう随分長いこと姿を見ていない。もしかして死んでるんじゃないかと時おり思う。

家族三人が食べていくには不動産収入だけで充分だったけれど、地価の暴落により、父親が生きていたころと同じレベルの生活を保てるのは、資産の規模的にあと数年だけだった。

——あなたは、高校を卒業したらこの人と結婚するのよ。

そう言って母は私に夫となる男の写真と釣書《つりがき》を渡した。高校二年の冬だった。二年くらいなら待ってくださるそうだから、それまで絶対にほかの男の人と喋ってはいけません。触ってもいけません。

要するに母は私を売ったのだ。しかしながら生きることに希望も絶望もない私は、売られた事実に対してさしたる怒りもなかった。

闇に沈んだ、宮津湾沿いのホテルの夜。ダイニングで夕食を摂り、私と逸子はまた部屋に戻った。柔らかな絨毯の上で靴を脱ぐ。二十歳にもならない娘がふたりで泊まるには広すぎる、そして静かすぎる部屋の大きな窓は闇だけを映したスクリーンに思えた。最初で最後になる、ふたりでの旅行。知っている人はお互いのみという場所で、最後の晩餐を終えた。決別を告げるには、東京は狭すぎるしうるさすぎる。

「ねえ逸子」

荷物から胃腸薬の入ったポーチを取り出していた逸子は、振り返らずに「なあに」と答える。

「私、たぶんもう逸子とは会えなくなると思う」

無言で逸子はこちらを振り向いた。

「もう、逸子のトルソーにはなれない」

逸子は私の身体に合わせて服を作っていた。両親が店に出ている時間、家の居住棟は逸子の城だった。学校が終わってから店が閉まるまでのあいだ、私は彼女の部屋でたびたび裸体を晒《さら》している。親の趣味で渋い純和風に設《しつら》えられた部屋は逸子には不似合いで、広々としているのになんだか窮屈そうだった。

「どうして」

茉莉の身体は本当に綺麗。手足を切り落として部屋に飾っておきたいくらい。私専用のトルソーにするの。だから、絶対にこのままの身体でいてね。

鈍く光る裁《た》ち鋏《ばさみ》を手に、逸子は窮屈そうなその部屋でいつも言っていた。冷たい鋏の刃が微かに皮膚に触れるたび私は肌を粟立たせていた。

「夫になる人に、触られたの。身体中、弄られて、そのときのにおいが取れないの。だから、逸子が私に触ったらきっと逸子もくさくなっちゃう」

「……」

ピンと張った絹糸の小さな綻びが静かな音を立てて解《ほぐ》れてゆく。切れて、でも切れないで。私は逸子の手に握られた、どんな布も裁ち落とす鋏の刃の鋭さを思い出す。逸子はしばらく黙っていたあと、私の手を乱暴に取った。そしてバスルームへと引っ張っていった。石鹼と塩素とビニールのにおいが入り交じった狭い空間で私は身を捩《よじ》る。

「いや、離して」

「身体洗おう、茉莉。そんなにおいがしなくなるまで洗おう。洗ってあげる」

「いやだ、やめて」

お互いに運動能力はなかったけれど、腕力は逸子のほうが上だ。彼女は浴槽の傍らで強引に私の着ていたワンピースのバックファスナーを下ろし、中に着ていたスリップとともにそれを床に落とした。抵抗する間もなく、淡い水色のブラジャーを外され、お揃いのショーツを下ろされる。白っぽい浴室の中で、鏡は容赦なく私の貧弱な身体を映し出した。

「こっちを向いて、茉莉」

「見ないで、逸子」

私の抵抗も虚しく、肩を摑まれ無理やり前を向かされる。逸子は私の脚の付け根を見て息を呑んだ。くっきりと一本、筋が入った身体の中心にはまだ僅かな毛も生えてきていなかった。

「婚約者にやられたの?」

私は逸子の目を見ることもできず、ただ頷く。

京都に来る十日前、卒業式を迎えた私が生まれて初めて目にした男の裸体は、四十四歳の婚約者のものだった。律儀にも男は卒業まで私との性交渉を持たなかった。家に帰り、制服から、本来は謝恩会のためにと用意されていた紺色のワンピースに着替えた私を、母は何も言わずに送り出した。奇しくも、指定されたホテルの大宴会場では私も出席するはずだった謝恩会が行われていた。学校行事なんか興味ないし。つまらないし。そう思っていても、上昇しているはずのエレベーターが下降しているような気がした。

糊の利いた硬くて白いシーツの上で、微かに加齢臭の漂う男の首筋が私の顎の下で動き回り、彼の舌は音を立てて私の肌を舐《ねぶ》る。甘い匂いがする、良い匂いがする。上ずった恍惚とした声を出しながら男は私の身体中を舐めまわした。舐めまわしたあとは毛抜きを持ってきて、私の脚の間に生えている毛を一本一本丁寧に抜いた。継続する痛みはやがて感覚を奪う。痛いかい？　痛いなら声をあげて良いんだよ。うんともすんとも言わない私に、男は言う。抜いた毛は白い紙の上に几帳面に並べられた。そして最後は私にうしろを向かせ、男は私の頭を目掛けて自ら射精した。

バスルームで髪を洗いながら、男とベッドに入る前に食べたものをすべて吐いた。目からも鼻からも色々と出てきて、頭が痛くなった。毛を抜かれているときの痛みはなんともなかったのに、頭が痛いのだけは辛くて苦しかった。この痛みをこれからずっと、夫になる男が死ぬまでの途方もない時間、抱えて生きていかなければならないのか、と、色とりどりの嘔吐物を眺めて思ったのも鮮やかに憶えている。

今、あのときと似たようなバスルームで逸子は私の身体を眺めていた。その顔は、これまで彼女の部屋で裸になった私を見ていたものではなくなっていた。憐れみや悲しみ、怒りなどの雑多な感情が、長い睫毛に縁取られた茶色い瞳に浮かぶ、今まで見たことのない逸子の顔。何を考えているの、とは怖くて訊けなかった。この期に及んで心の奥では嫌わないでほしいと願っている自分が、我ながら哀れだった。

やがて逸子は赤いタータンチェックのワンピースを着たまま、シャワーのコックを捻った。ザッ、と音がして水が降ってくる。

「いやだ、ひとりだけ裸はいやだ、逸子も脱いで、それか服を着させて」

蹲《うずくま》った私の悲鳴に逸子は手を離し、自分のワンピースの前釦に手をかけた。だんだんと温かくなってゆく水に、服は濡れて身体に張り付く。生皮を剝《は》ぐようにそれを脱ぎ、逸子は青い下着の上下もすべて取った。

「これで良いでしょ、ちゃんと立って」

私は立ち上がり、逸子を見る。白い柔らかそうな肌。胸の上には丸くて形の良い乳房が載っている。私はたまらなくなり、その身体にぶつかるようにして縋《すが》りついた。清潔で、良い匂いがする。こんな綺麗な人に私なんかが触っちゃ駄目だと思っていながらも、私はその身体から離れられなかった。温かい飛沫《しぶき》がざんざんと容赦なく降り注ぎ、頭も背中も首もびしょ濡れになる。

「大丈夫だよ、くさくなんかないよ、茉莉」

逸子は自分のおでこを私のおでこにくっつけ、言った。お互いの濡れた髪からシャンプーの匂いが立ちのぼっている。そのせいで気付かないだけだ。私の身体はもう汚い。良い匂いなんかしない。手足を切り落としても逸子のための美しいトルソーにはなれない。

「嘘をつかないで」

「嘘じゃないよ」

「嘘」

「嘘じゃないって」

「じゃあ、キスして」

その言葉に、何の躊躇《ためら》いもなく逸子は私の顔を上向かせて唇を重ねた。


それまで、心のどこかに錠をかけていたのだと、私は彼女のくちづけを受けて気付く。心のどこか、じゃなくて心のすべて、かもしれない。

逸子とこういうことがしたいと、私は願っていた。彼女の前で裸になって布を当てられながら、それ以上の接触を望んでいた。触れてほしい。くちづけてほしい。でも私たちは友達。いずれ私は年上の男の妻になる。

私は逸子にくちづけられたそのとき、たぶん初めて泣いた。ざあざあと音を立てて降り注ぐシャワーの下で逸子の柔らかな首筋に顔を埋め、シャワーのお湯よりも熱い涙をたくさん流した。逸子はしゃくりあげる私を強く抱きしめ、泣き止むまでずっと待っていてくれた。

ベッドの上で僅かに歪む天井を見上げる。

髪を乾かした逸子がバスローブ一枚だけ羽織って、私の傍にやってくる。日本人にバスローブは似合わないけれど、逸子のその姿はアメリカの映画に出てくるおませなチアリーダーのようだった。プロムのあとに勢いでアメフト部の男の子の家に行っちゃった、という感じの。

「落ち着いた？」

「うん」

アイスティーのペットボトルを手渡されたので私は起き上がり、蓋を開け口をつけた。冷たい液体が食道を流れ落ちてゆくのが判る。

「私、茉莉のこと好きだよ」

「うん」

「きっとその婚約者の人よりもずっと好き」

「うん」

「茉莉は？　私のこと好きでしょ？」

「好き」

「じゃあ、何をしても怒らないで」

逸子は鞄の中から何故か重たそうな斧《おの》を取り出した。私が驚いて見ていると、彼女はそれを振りかざし、私の右肩に叩き落とした。

「……ヒッ！」

痛みはなく、それでも私はベッドの上に跳ね起きる。

――茉莉は、私のこと好きでしょ。

そこまでは先刻、現実世界でやり取りした会話だった。小さなフットライトがオレンジ色の光を灯す薄暗い部屋の中、私の隣では裸のままの逸子が寝息を立てていた。

私たちはバスルームから出たあと、ベッドの上で再度くちづけをしたのだった。逸子のくちづけは私の唇だけに留まらず、全身に甘いひひらきを残した。愛しい人からのくちづけは福音だと思う。その喜びに、私の身体からは再び良い匂いが立ちのぼってくる。

——可哀想に、痛かったでしょうに。

逸子は恥骨の上にくちづけ、毛を抜かれた肌を指先で優しく撫でた。その指は膨らんで露になった陰核を撫で、蜜の溢れるところを探った。

私たちは交互に、身体を慈しみあった。初めてなのに、私たちは生まれる前から知っていたかのごとく、お互いに何をすれば良いのか判っていた。頬を撫でられると嬉しい。首にくちづけられると背筋が撓《しな》る。乳首を吸われると気持ち良くて声が出る。尾てい骨に指を触れられると腰が浮く。脚を絡めると安心する。

蜜が溢れたあとは脚の間に指を入れ、陰核に触れて舌を絡めるキスをする。

誰に習ったわけでもないのに、私たちは知っていた。逸子の長い髪の毛が私の肌を撫でるたび、私はその髪で十字架に縛り付けてほしいと願った。

呼吸が整ったあとの逸子の乳房は柔らかくて滑らかで、頬を埋めるとまた涙が出そうになった。

——ねえ逸子、私の子宮を潰して。

——そんな可哀想なことできない。

——だってもしこの先子供ができたら、私、この身体でいられなくなる。

懇願する私に、逸子は悲しそうな笑みを浮かべ、可哀想な人のおかっぱ頭を撫でる。

——じゃあ、今度うんと長い針を刺してあげる。

私の指じゃ届かないからね。その言葉に安堵し、私は再び柔らかくて温かい逸子の身体に絡みつく。そして気付く。

結局私は何からも逃げられずに、あの男と結婚するのだ。


翌日はなんとか晴れた。何事もなかったかのように向かい合って、ぼやけた朝日の差し込むダイニングで朝食を摂ったあと、私たちはホテルをチェックアウトした。荷物をクロークに預けて海岸へ向かう。卒業旅行シーズンなのに、若者の姿は私たち以外になかった。そもそも人の姿もほとんどなかった。

景色としては、昨日の湖と大差ない。

「やっぱり晴れてると綺麗ー」

逸子は輝く海面を眺め、無邪気に喜ぶ。天橋立は日本ガッカリ観光地ベスト10にランクインしているらしいが、私はそんなふうには思わなかった。海を分断する細い陸地はとても美しかったし、これならば神々が天に帰るための橋と言われても納得できる。神様がこの地に降り立ったとき、彼らは何を見たのだろう。自分たちの作った世界に絶望したりはしなかったのだろうか。

「湖って、人の身体が浮かないらしいね」

ふと、逸子が口にした言葉に私はぎょっとする。

「逸子、知ってると思うけど、ここは湖じゃなくて海だよ」

「知ってるよ。昨日の湖のこと。沈んだらきっと見付からないね」

振り返って逸子は笑った。ああ、やはり彼女も私と同じことを考えていた。

「きっと、同じこと考えて沈んだままの人が、たくさんいると思う」

私は答えた。逸子も頷き、言う。

「そうだね。死にたくないまま沈んでる人もたくさんいるだろうし」

そもそも海だって人の身体は沈むでしょう。人の身体が海水に浮くんだったら、海難事故の救助はあそこまで難航しないだろうし。

こんな細部に至るまで考えていることが同じなのかと、かなり驚く。

「逸子はここに沈んでも良いと思う？」

私はその問いに対して諾の即答を期待していた。しかし逸子は黙り込んだ。

本当ならば私は婚約者にされた行為を打ちあけることで逸子との友情を終わらせ、こここにひとり心を沈め、埋葬するつもりでいた。生きる意志を失った人は海だろうと沈む。私はここで死ぬ。これから生きてゆく私は私ではないのだと、すべての気持ちを海の底に沈めるつもりだった。けれど思いがけず、私たちは別れることなくひとつになれた。その幸せを握り締めながらこの世から身体ごと消えたいと願ったのだ。

「……あのね」

しばらくの沈黙ののち、逸子が口を開く。

「なあに？」

「茉莉は、生きなきゃ、ダメだと思う」

「……」

「せっかく昨日、本当の茉莉が生まれたんだから、これからは生きなきゃダメだと思う」

本当の茉莉、という言葉が胸に突き刺さった。

彼女の言うとおり、いわば私は昨日の夜この海の底から引き上げられたばかりのぬるぬるとした赤子もしくは屍だ。母親の言うままに生きて、母親の言うままに生き地獄へと送られる予定だった私は逸子に掬《すく》い上げられた。

今日、東京に戻る。戻れば私はこの先数十年の奈落へ落とされる。息を止めながら男の手や舌に触られ、身体の内にあのおぞましい物体を受け入れることになる、何度も、何度も。

逸子を知ってしまった今、それが私に耐えられるのか。逃げたい、と思った。逃げることは死ぬことだと思っていた。だって逃げ道などないから。眼前には母親と無職の兄が立ちふさがり、私の首根っこを摑んで、両目を覆い、これがおまえの歩むべき道だとゆくさきを決める。

「ね、茉莉」

逸子は私の手を摑み顔を覗き込む。私も彼女の顔を見つめ、言った。

「帰りたくないよ、逸子」

「うん、茉莉がどうするか決めるまで一緒にいてあげるから」

「私、ずっと逸子のトルソーでいたいんだよ」

「うん、私も茉莉に服を作ってあげたい、茉莉の好きな、本当に茉莉に似合う服」

自分で服を選んだことがない。自分で食べるものを決めたことがない。何もかも、すべて母が決めていた。

「ねえ、茉莉。あんなことする人と結婚しちゃだめだよ、茉莉は誰かのお人形じゃないんだよ」

「……矛盾してるよ、逸子」

「なにが」

「逸子は私をトルソーにしたいんでしょ」

あ、と言って逸子は口元を押さえた。少しだけ、気持ちが軽くなる。

「……私、たぶん母には逆らえない」

考えた結果、私は答えた。

「うん。それはなんとなく判る」

「だから、結婚もしなきゃいけないと思う」

「そっか」

でも逃げる道はきっとある。漫画や推理小説のように、夫を殺す方法をまず考えた。現実は漫画でも小説でもないので、現実的に可能かどうかも思案した。私が従順な妻でいたならば、その機会は数え切れないほどあるだろう。けれど殺してしまえばきっと、次こそ二度と逸子に会えなくなる。そんなことを考えていたら逸子が言った。

「じゃあ、私が夫になる人と浮気してあげる。そうしたらいっぱい慰謝料もらって離婚できるから、お母さんも文句言わないでしょ」

「たぶん逸子じゃ無理。あの人ロリコンだから」

「それならもっと簡単じゃないの。茉莉が老けてけば自然に飽きるでしょ」

「そうしたら逸子も私に飽きるでしょ」

いじけた気持ちで呟くと、逸子はまた笑って言った。

「たぶんそのころには私たち、別のもっと良い関係になってると思う」

海と違って、湖は人の身体が浮かずに沈む。否応なしに沈む。海は生きようとしない人は沈める。困ったことに、生きようとしていても稀に沈められる。沈めば永遠に地上には戻ってこられない。

私たちは、湖の底にも、海の底にも、身体を置いてこなかった。何を置いていこうか迷った末、それまで履いていた靴を海に投げ入れた。入水自殺だったら岸に靴が置いてあるはずだ。私たちはあちらに靴を置いて、こちら側へ来たことにする。靴はしばらく浮いていたが、水を吸ってじわじわと沈んでいった。

「……沈んだね」

「うん。沈んだね」

「……曇ってきた」

「うん、寒い」

枯れた草や小石ばかりの浜とも言えない場所は、裸足で歩くには痛すぎた。そして冷たすぎた。痛い痛い寒い寒いと騒ぎつつも笑いながらホテルのロビーに戻り、頼み込んでサンダルを二足貸してもらった。東京に戻ったら郵送で送り返しますから。良いですよそんな、差しあげます。わあ、ありがとうございます。東京、寒くないと良いなあ。上野で桜の蕾がほころんだって、今朝のニュースでやってましたよ。本当ですか。ええ、お気をつけてお帰りくださいませ。
私たちの靴は、きっとあの海の底で、並んで持ち主の帰りを待っている。
もう二度と、行くことはないだろうけれど。

星の王様

三年に一度くらい、頭のどこか一箇所に禿《はげ》ができる。テレビの天気予報が暖冬を宣言したり厳冬を宣言したり、その予想がまったく的外れだったり、それでじたばたしたりするような頻度で禿ができる。今年は暖冬を宣言したら外れた年だった。二月の半ばから、ものすごく寒くなった。毛もどんどん抜けていった。最初はまばらに抜けていく。次第に抜けた部分がツルツルになってゆく。ときどき大川の橋で見かける冬毛をまとったむくむくの柴犬が羨ましかった。

髪の毛を伸ばしすぎると禿げるのだという。尻の下まで伸ばしていた髪の毛をばっさりと切った双葉《ふたば》は、訳を尋ねたらそう答えた。髪の重みで頭のてっぺんが禿げてしまうのだそうだ。私の髪の毛は尻の上くらいまでの長さだけど、てっぺんが禿げてくる兆候はまだない。ただ、周期的に禿ができる。真円だったり楕円だったりいびつな星形だったり、そのときどきによって違う禿が。

今回の禿はおでこの左上、正面から見て目立つ部分にできた、わりとエッジの効いた星形だった。隠すために分け目を変えて、星っていう気分でもないから、というか星形のものにしたら禿オン禿で自分にしか通じないギャグみたいになりそうだから、星形ではなくあんず色の花が付いたピンをババアの鏡台の抽斗《ひきだし》から探し出し、左耳の上で留めた。禿ができるときはたぶん心の中に何か粉瘤《ふんりゅう》みたいなものがあるのだ。袋がある限り何度も繰り返すその粉瘤みたいな何かの正体は、きっと深く潜らないと見えないから、でも潜れないから、息がつづかないから、なるべく見ないで過ごしてきた。見たくないものは見なくても良い。そのために目には瞼《まぶた》がある。けれど心にも頭にも瞼がない。でも、頭には禿が。禿は本来見せなくて良いもの、つまり己の頭皮を人に見せてしまう。それは他者にとって見なくて良いものであり見たくもないものだ。だから人は禿から目を逸らす。

ふた月ほど前のとんでもなく寒い日に初めて会ったその人は爪が大きかった。爪の大きい人だな、と思う以前にその指は男性の陰茎そのものだった。小さな陰茎が手のひらから五本生えていると言っても過言ではなかった。要するに、爪の形が亀頭に似ていた。私は他人の禿を見たときと同じように、二度見したあとその指から目を逸らした。

彼は自分の指についてなんの釈明もしなかった。それが当然であるかのように振舞った。だから余計に私は彼の指の形が忘れられなかった。なんだろうあの指。でも陰茎ではなくあれはまぎれもなく指だったし、本人もぜんぜん気にしていなそうだったから、あれが普通だと思っている人なのかもしれない。

私が指を思い出してゴロゴロしていたら双葉が帰ってきた。少し前に思い切りよく切った黒漆のような髪は既に肩の下くらいまで伸び、首を傾げるたびに白い肩の上で扇状に広がる。長いこと一緒に暮らしていても、双葉の佇まいや顔が好きで、家に帰ってくると嬉しい。それはきっと双葉も私に対して同じだろう。

「そのワンピース可愛い」

玄関で髪を扇状に広げパンプスを脱ぐ双葉は、赤い花の描かれたワンピースを着ていた。八枚はぎのフレアスカートに、見ごろはポロシャツのような作りのレトロなやつだ。

「ババアの箪笥《たんす》に入ってたの。弌花《いちか》もほしいのあれば着ちゃえばいいよ」

「ババアの箪笥か。ナフタリンくささうだな」

「そう思うでしょ。でも、なんかこじゃれたポプリ入ってるんだよ、あの人の箪笥」

彼女はパンプスを軽く磨いて靴箱に入れたあと、「これ食べよう」と紙袋を私に差し出した。桜餅の匂いがする。

「大川の桜が満開でね。和菓子屋が出店《でみせ》出してたの」

「あの橋のところ？」

「うん。桜餅と草餅とマヨネーズ煎餅買ってきた」

私は彼女から袋を受け取り、台所でお茶を淹れるためのお湯を沸かす。そのあいだに双葉はとんとんとんと耳に心地よい足音を立てて二階へあがり、うって変わってどすどすどすと乱暴な足音と共に着替えて戻ってくる。もともと白かったはずのスウェット上下は既に何色なのか判らない。

「双葉、なに飲む？」

「ジャスミン茶」

桜餅との相性は抜群に悪そうだ。言われるまま私は台所で双葉のためにジャスミン茶を、自分のためには緑茶を淹れ、ちゃぶ台に持って行った。

「ババア退院できそう？」

この家の主であるババアは五日前に倒れ、現在近くの病院に入院している。双葉と私が日替わりで見舞いに行く。今日は双葉の番だった。

「するんじゃない？　ていうか私今日初めて知ったんだけど、ババア七十九歳なんだってよ」

「いや、なんか現実味のある数字だけどそれはきっと嘘だよ」

「だよねえ？　ときどき江戸時代の話とかしてるよねえ？」

私たちはババアと呼んでいるが、この界隈で彼女はシモーヌと呼ばれている。ごくたまに客も取る。あんなガイコツみたいな、妖怪みたいなのを抱こうという男の気が知れないが、シモーヌはこの界隈では「伝説の売春婦」という触れ込みなのだ。どこかの誰かがシモーヌに関する本まで出している。読んだ本人は大笑いしていたが、二割くらいは真実らしい。そんな伝説の売春婦に育てられた私と双葉はもちろん売春婦だ。そしてこの界隈はそれを生業《なりわい》にしている女たちと少しの男たちだけで作られた小さな町だ。界隈の人には「大川」と呼ばれている狭い川沿いに店は立ち並び、橋も道も狭く入り組んだ場所にあるため、普通の人は決して辿り着けない。少し離れた場所にある元遊郭の歓楽街にはしょっちゅう入る警察の手も、入ったことがない。時が止まったように平和な場所である。

「なんか言ってた?」

「さぼるんじゃないよって」

「ばれたか」

「でも弌花、今日の昼に客が来てたってサロメが」

「うん」

「珍しい、いつもなら絶対働かないのに」

「うん」

指が陰茎みたいな人が来た、という話は双葉にもババアにもしていなかった。家に来たときは手袋をしていたし、部屋から出るときも手袋をしていた。だからサロメもあの人の手がどんなふうかは知らない。

「じゃあさぼってないし、今日の夜も戸開けなくていいよね」

「明日は双葉が働いてよ」

わかったよ、と彼女はしぶしぶ頷き、ジャスミン茶を飲み干したあとテレビをつけた。

禿ができるたびにババアは私を叱った。みっともなくなるから毛を毟《むし》るなと。ババアの垂れた乳のほうがどう考えてもみっともないし、いつもは隠れている部分が見えるのだから男だって喜ぶではないか、と反論すると「見せていい隠れた部分と見せちゃいけない隠れた部分がある」とまた叱られた。何がどう違うのだ。

毛のなくなった部分は、指先で触るとペトペトする。それがどんどん広がっていくのは楽しい。ふだんは触らない部分だから敏感だし、男の指が触れれば乳首を触られたときと同じくらい背中が撓《しな》る。しかし今回は星形。若干ポップすぎた。そもそも男たちには想像力が足りない。私も双葉も幼いころから本をたくさん読まされてきた。この世界は量子で成り立っているが、のみならず言葉も必要で、言葉のある世界では売春婦が石を投げられる。石がなかったから私たちはお手玉を投げ合った。たいして痛くなかったから罪はそれほど深くないと思う。

男たちは何かに対して想像する力に欠けている。だから私たちが身綺麗にしていないとダメなのだ。想像力さえあれば、そこに穴があれば誰だって射精できる。私が禿を隠すために紙袋を頭にかぶっていたって。きっと。

星じゃなくてアワビの形なら二口女みたいでいいのに、そしたら男がそこめがけて射精する、と双葉は言ったけれど、射精するべき本来の場所を含めれば双葉の言い分では三口女だ。それにアワビの形って立体で表さなければただの楕円形だ。そんなの普通の円形脱毛症と一緒だ、味もそっけもない。さあ観てちょうだい、わたしの禿は星形よ。可愛いでしょ。本当は見せびらかしたいのに。可愛いのに。

表向き、うちは糸屋である。色とりどりの、素材も様々の、太さも長さもあれこれ豊富な糸を店先で売っている。隣はお茶屋だ。花街的な意味のお茶屋ではなく、ただ単に店先で茶葉と海苔を売っている。そんな表向きありふれた店が十二軒、軒を連ねている。うち四軒はもう誰もおらず戸が開くことはない。この界隈のどの家も間口は狭く、奥行きがある。奥の座敷で客を取るから。東南アジアの売春宿などはこういう作りなのだそうだ。見た目はただの売店で、やたらと奥行きのある建物ではたいてい女の子を売っているのだとか、誰かに聞いた。

お茶屋のサロメのところには四人の女がいる。サロメは昔、気に入らない客の首を切って殺したという伝説を持つためそう呼ばれている。だが私と双葉は知っている。サロメという名前は、その逸話の基となった話が載っている世界的ベストセラーの宗教書には出てこない。男の首を求めたのは実際にはガリラヤ領主の妻で、彼女が「あいつの首持ってこい」と言わせた娘の名はどの使徒の福音書にも出てこない。だからお茶屋のサロメの伝説も高確率で嘘である。

ババアが入院しているので、近頃は私たちの客もサロメの店に居ついている更なるババアが客になりそうな男に声をかけて連れてくる。彼女は人間というよりも魚の干物に似ている。うちのババアがたぶん江戸時代から生きているので、サロメんところのババアはおそらく室町時代あたりの生まれだと思う。生理なのー、という言い訳もそろそろ通じなくなってきたし、そろそろ通常営業しなければならないだろう。

通りの家々の軒先にかかった簡素な看板に火が入り、夜が来る。双葉が店先に座り、私は二階の部屋の窓辺に凭《もた》れ、人通りのまばらな通りを眺め下ろしながら本を読む。昔の小説だと、男は女に接吻しただけで責任取って結婚しなければならなかったらしい。ただし売春婦を除く。売春婦は女にして女に非《あら》ず。私も含めこの界隈にいる人たちには戸籍もないので人にすら非ずなんだけども。

早速双葉に客が付き、下のほうからがさごそと物音が聞こえてくる。サロメんところのババアが二階に上がってきて私に向かって「おまえも仕事しろ」と言う。彼女には歯がないから、たぶんそんな感じのことを言っているであろうことしか判らない。

「まだ支度できてないからあとちょっとしたら降りる、待って」

サロメんところのババアはふがふが言いながら立ち去った。今この瞬間彼女がいきなりボケてくれたら仕事しなくて済むのになあ。たぶん年齢は五百歳を超えているだろうに、ぜんぜんボケる兆しもない。

この界隈はだいたい一律、四十分で五万円なんだそうだ。客の話によればほかに比べるとかなり高いんだそうだ。私たちはほかを知らないので「へー」としか言えない。ただし、びっくりするほどかわいい子がいるんだそうだ。私たちはほかを知らないのでやっぱり「へー」としか言えない。ババアが退院するまで金は全額サロメが預かるから、どれだけ働いても私たちの手元にはお金が届かない。客が小遣いをくれたときはそれを懐に入れるが、そんな景気の良い客はあまり来ない。

だらだらと着替えていたらあっという間に四十分が経っていた。ひと仕事終えて階段を上がってきた双葉が「もう店閉めようよ」と言った。

「サロメんとこのババアに怒られるよ」

「インフルエンザとか言っておけば大丈夫だよ。それにたぶんこれから雨が降るからもうお客来ないよ」

「え、こんなに晴れてるのに?」

「今の客が天気予報のおじさんだった。雨になるって」

双葉の提案に乗って、私は店じまいの作業をしに下に降りた。するとサロメんところのババアがひとりの男を連れてきてしまった。インフルエンザとか言い出しづらい。私はババアから男を引き渡され、その手を取る。瞬間、あ、と思う。これは爪が亀頭の人だ。思わず客の頭のほうを見上げた。やはり帽子が同じだった。

「また来てくれたんですね」

「うん」

昼に来たときからまだ三日しか経っていない。嬉しくなって私はその手をぎゅっと握る。勘定場の横を通りすぎ、部屋に入る。シーツだけ取り換えられた寝具の上にその人の身体を押し倒し、唇を重ねた。ゼリーを仕込んでいないのに脚のあいだが湿るのを感じた。私や双葉にとって仕事は作業だけど、これは作業じゃないな、と思う。ただ、やっぱり私は売春婦だからいくら接吻をしてもお嫁にはもらってもらえない。もしこの人が女衒《ぜげん》だった場合はつがえるかもしれないけれど。

四十分というのは、作業としては丁度良い時間である。でも作業より先の工程は無理な時間設定でもある。客は挿入して射精をする。私はその作業を手伝う穴。二秒で射精できる早撃ちな人ならお喋りはできるが、そういう人はたいてい気まずそうだから話もできない。私は今、この爪が亀頭の人と喋りたい。初回で彼が名乗った「増田カレルレン三世」という名前は間違いなく偽名だろうし、なんで爪が亀頭なのかも訊きたい。嗚呼、四十分は短すぎる。

よし、二秒で射精させよう。それで喋る時間を作ろう。私はいつになく真剣に性技を駆使して仕事に取り組んだ。しかし真剣になればなるほど、増田カレルレン三世の性器は萎えてゆく。弛緩《しかん》したナマコみたいな手触りになってゆく。

「……どうしてほしいとか、あります？」

時間の半分がすぎ、もうこれはお手上げだと思い私は尋ねた。

「王様、って呼んでくれないかな」

増田カレルレン三世は少し沈黙したあと言った。

「え、ご主人様じゃなくて、王様ですか」

「うん、王様」

新しい。私は笑わないように気をつけながら神妙に「王様」と呼んだ。なんて返されるかな、妃かな姫かな、とわくわくしていたら普通に「弌花」と呼ばれて若干がっかりした。

「ねえ王様、セックスしましょう」

「そんなことをねだる家来はいない」

王様は顔を顰《しか》めて私を戒めた。家来だったのか。なるほど。やだな。

「でも王様、もう時間があと半分しかないよ。返金できないんだよ、私お金持ってないから」

いいよ、と王様は言って私を自分の胸の上に抱いた。胸から腹の辺りに呼吸を感じる。ときどき自分の呼吸とぶつかって苦しくて、生きてるな、と思う。

「……髪の毛、どうしたのそれ」

しばらくののち、王様が尋ねた。

「禿なんです。星形なんです」

私が答えるや否や王様の指が、何の断りもなくその部分に触れた。びりびりと背中が痺れた。きゅっと身体を縮こまらせた私に王様は反応した。

頭に宇宙がある。

王様は言って、私の禿に舌を這わせながら挿入した。既に乾いていたから痛かった。でも痛みはすぐにどこかへ行った。もしかしたら宇宙の果てかもしれない。屋根を、大粒の雨が叩いている。

人の脳は宇宙なんだそうだ。未開の部分がたくさんある。自分の身体にありながら、理解の及ばない部分が存在するって怖い。王様はそれからしばらく来なかった。相変わらずババアは入院していて、私が見舞いに行くと禿を見せろと言う。

「ちょっと、大きくなってんじゃないの」

禿を見せたら頭を叩かれた。当初は直径三センチくらいだった星が今は倍くらいの大きさになっていた。ほかの客に禿を見られたとき、これは自傷行為だと言われた。発達障害の症状だとも言われた。売春婦を買う人たちは意外と博識であるなあ、と思う。私は「へぇー」としか言えない。

ババアの入院している病院は店がある通りのすぐ近くで、小さいから入院できる人数は四人だけで、どう考えても免許や国家資格を持っていなそうな怪しげな医者と看護師しかいない。テレビドラマで見るような、パリッと白衣を着た医者なんて生まれてこのかた見たことがない。

私がババアを見舞っている最中に医者が回診に来た。

「ちょっと先生、この子の禿を見てやって」

ババアがおせっかいを言うと、医者はなんの躊躇《ちゅうちょ》もなくごわごわの手で私の頭を摑んだ。首がごりっと鳴った。

「いったぁい」

私の抗議の声など聞こえもしない様子で医者は言う。

「ああ、抜毛症だね。自分で抜いちゃうんでしょ。これは環境変えない限り治らないよ」

「環境なんか変えられるわけがないでしょうが」

ババアは憤慨するが、医者はしれっとした顔で答える。

「働かせすぎなんじゃないの?」

そうだそうだ、と私は心の中で加勢した。そもそも私よりもこの医者の髪の毛のほうがぜんぜんない。

「この子たしかウチで二回堕ろしてるでしょ。そういうのもストレス要因になるよ。ちゃんと避妊させなきゃだめだよ」

それは私がピルを飲み忘れたからだ。一度目は双葉にも泣いて怒られた。二度目は呆れられながら怒られた。根本的な解決策はない、と医者は言って、ババアの身体を少し診たあと部屋を出てゆく。部屋にはほかにふたりの入院患者の女がいて、ひとりはたぶん明日あたり死ぬだろう。人間とは思えないくらい痩せ細っていた。もはや骨だった。

「ねえ、いつ退院するの?」

私はもはや骨の入院患者から目を逸らし、尋ねた。

「明日にはするよ」

「それ入院した日にも言ってたよ?」

ババアは眉を吊り上げ、「早く帰れ」と言う。言われなくても帰る。扉を開けて外に出たとき、背中に聞こえた激しい咳に、もしババアが死んだら私と双葉はどうなるんだろう、と思った。

帰り道、大川の桜はもう花を散らし尽くし、もさもさと緑色の葉を茂らせている。気をつけないと毛虫が落ちてくるので、私は肘にかけた籠の中から日傘を出し、開いた。薔薇のレースの古くさい日傘。玄関の埃だらけの傘立てから引っ張り出してきたものだからちょっとかびくさい。橋の上から川を見下ろすと、誰かが捨てたであろうミドリガメが飛び石の上で何匹も甲羅干ししていた。縁日で売っているミドリガメは、実はものすごく大きくなる。私たちも小さなころ玄関先で水槽に入れて飼っていた。でも大きくなったので怖くなって夜中こっそり川に捨てた。もしかしたら私たちが捨てた子もいるかもしれない。でも個体判別はできない。

流れる川の水をぼんやりと眺めていたら、いきなりうしろから腕を摑まれた。

「ぎゃっ」

「こっから落ちても死ねないから！　怪我するだけだから！」

驚いた拍子に取り落とした日傘が足元に転がる。声の主はサロメだった。

「いや、死なないし、この高さじゃ死ねないのくらい見れば判るし」

「だってアンタ、今にも死にそうに見えたよ」

「いや、死ぬ理由がないよ」

生きてる理由もあんまりないけど。心の中でだけ言って、落ちた傘を拾った。ここには桜の木はないし、日も陰ってきていたので傘を閉じた。

「ねえサロメ。ババア、じゃない、シモーヌ退院できると思う?」

微動だにしなかったミドリガメが、短い足を動かして水の中に戻ってゆくのを見ながら私は尋ねた。

「どうだろうねえ。もう歳だからねえ」

「シモーヌがもし死んだら、私と双葉どうなるの?」

「あんたたち歳はいくつだっけ?」

「たしか二十歳、だったはず」

「じゃあまだ追い出されないよ、マーさんが面倒見てくれる」

マーさんというのはこの界隈をシマとするやくざの愛称である。だいぶ老いぼれてはいるが、若いころはハンサムだったであろう風貌で、小指の先どころではなく小指がない。界隈の店はみんなマーさんのところからめちゃくちゃ高いおしぼりをレンタルしている（実際仕事には必要だけど）。代わりに夜になるとマーさんのところの「若いの」が一晩中見回っており、何かトラブルが起きたりするとすごい勢いですっ飛んでくる。私も双葉も何度かその若いのに助けてもらっていた。印象深いトラブルは、男女平等を説く五十歳くらいの客だ。名前を忘れてしまったのでAさんとするが、Aさんは「男女平等」と「女性の社会進出」と「女性の権利」について私に長々と語った。四十分間セックスをせずに語った。曰《いわ》く、今の日本は欧米に比べて女性の社会的地位が低いんだとか。だから私たちのような売春婦がいなくならないんだとか。女性の労働環境がもっと向上したら国力もあがるし少子高齢化も防げるのだから、もっと男女平等を推し進めるべきだ、とか、まともな教育を受けていない子供が売春などせずに済む日本にするべきだ、とか。なんで私のこと買ったんだろう、と思いながらふんふんと聴いていた。

——だからまず君たちを助けたい。もっと良いところで働きたいだろう。正しい生活をしたいだろう。人に言える仕事に就いてきちんとした人と結婚をして子供を産み育てるべきだ。

こういう人、ときどきいるなあ、と少しうんざりした気持ちで私は答えた。

——私、戸籍がないからここから出ても結婚できないんですよ、たぶん。

私が答えると、Aさんは鳩が豆鉄砲を食らったと形容される類の顔をした。

——え、じゃあ選挙権は？

——戸籍がないから、たぶんないです。

Aさんは二発目の豆鉄砲を食らった。私はそのとき二十歳にもなっていなかったし。

——帰化する気はないの？

——たぶん日本人で、ただ単に戸籍がないだけです。もしかしてお客さん政治家？

選挙の時に投票してほしいの？

Aさんは押し黙った。おそらく私の質問は正しかった。政治家ならば、と思い私は再び口を開いた。

――あのね、売春婦って世界最古の職業なんですって。いろんな本に書いてあったから間違いないと思う。聖書にも遊女出てくるし、一応は職業みたいよ。お客さんみたいな人ほかにもいる。親に言える仕事をしろとか将来を考えろとか言ってくる人いるよ。でも私、親いないし戸籍ないからここを離れられないし、この界隈の人たちみんなそう。だったら逆に考えてみれば？　世界最古の職業って言われてるんだし、これからも絶対になくならないだろうし、いっそ売春婦を国家資格にすれば？　政治家さんなら法律作れるんでしょ？

――そんなことできるわけがないだろう。

――ああ、そうか、お客さんは男女平等がいいんだもんね。じゃあ名前は売春婦じゃなくて売春師でいいよ。看護師って昔は看護婦って言われてたんだよね。でも男女平等がいい人がワーワー言って看護師って名前になったんだよね。産婆が助産師になったのもそうだよね。私がもし子供産むとしたら絶対やだけどね、産爺。でさ、話を戻すけどさ、完全に男女平等の世界になったあとにお客さんが今日みたく女買いに行くとするでしょ。男女平等がいいなら、きっとお客さんは、女の子しかいないお店じゃなくて「うちの店は男女平等です」って看板出してる店に入るよね。ていうか完全に男女平等の世界ならそういう店しかないよね。それで女買いに行ったのにハーイ売春師でーすいらっしゃいませーって毛むくじゃらの男が出てきたらどうする？　困らない？　嫌じゃない？　抱ける？

ここで私はAさんに黙れと言って叩かれた。馬乗りになったAさんは口答えするな売女《ばいた》のくせに生意気だと言って私の顔を叩きつづけた。私は腕を伸ばし、布団の横にあるおもちゃみたいなブザーを押した。これを押すと、玄関の看板の横にある回転灯が赤く光って回る。三分以内に「若いの」がすっ飛んでくる。すっ飛んできた若いのにAさんは羽交い絞めにされ、店の外で別の若いのにぼっこぼこに殴られていた。

不思議なことに、こういう騒動があっても警察沙汰にはならない。ババアの話によれば、この界隈は区と区の境目に存在しており、どっちの区に属しているのか決まっていないんだそうだ。だから警察が「どっちの管轄か判らない」という理由で手を出してこない。そもそも日本の法律が通用しない、という話も聞いた。したがってマーさんが王であり法律である。しのぎが減ると困るのはマーさんなので、彼はこの界隈の女みんなに優しかった。身体を売れなくなった女にはマーさんが違う仕事を与えてくれる。

「本当に死のうとしたわけじゃないね？」

サロメは再び、念を押すように私に尋ねた。

「なに、死んでほしいの？」

「そんなわけないでしょ。さ、帰るよ」

半ば強制的に、私はサロメに腕を摑まれて家の前まで連れていかれた。双葉が居間で寝ていて、私の足音に気づくと「おかえり」と言って起きてきた。

私も双葉もおそらく九歳のときに初めての客を取った。その客はもう死んだが、シモーヌが育てた、という触れ込みで競り出された私たちをふたりまとめてとんでもない金額で買ったそうだ。実際にシモーヌに食わせてもらってはいたが、育てられたかどうかは疑問である。一応、仕事の仕方はシモーヌに教えてもらった。でもだいたい相手は双葉だった。だから私も双葉もお互いの身体がどんなふうなのか、隅から隅まで知っている。

テレビで何かのドラマの再放送を見ながら、私は双葉に尋ねた。

「ねえ、ババアが死んだらどうする？」

「え、あのひと死ぬの？」

「なんか、死ぬかもよ」

双葉はこちらを見た。私が今感じている気持ちと同じ種類のゆらぎが瞳に宿っているのが見えた。

「でも、マーさんが面倒見てくれるでしょ。ていうかサロメが面倒見てくれるんじゃない？」

どうだろう。今日喋った限りでは、そんな片鱗はなかった。

ババアの話によれば、記憶がないくらい小さなころ、私と双葉はふたりまとめて店の前に捨てられていたそうだ。医者の見立てでは一歳半くらい。顔がどことなく似ていたため、おそらく二卵性双生児らしい。体型とパーツは似ているが、同じ顔ではない。

ババアが死んだあとの自分の未来なんて、考えたこともなかった。昔の売春婦は借金のカタに売られてきて、借金を返すまで働き続けたという。でも私にも双葉にも借金はない。私たちを育てるのにかかったお金なんて、たぶん九歳の初見世で全額返済できている。なんでここにいるのかと言えば、物心ついたころからここにいるからというだけだ。それが当たり前だから。

さっき橋でAさんのことを思い出したのは偶然じゃなかったのかもしれない。あのときは最後に化けの皮が剝《は》がれたが、もしAさんが心から私のような女たちを救いたいと思っていたならば、具体的には何をしてくれていたのだろう。ババアの本棚には哲学書も宗教書も歴史の本も小説もあって、字の読み方や書き方は教えてくれたけど、戸籍の取り方の本はないし教えてくれなかった。自分が日本人なのかどうかも判らないし、何をどうしたらここ以外の場所で生きていけるのか見当もつかない。もしかしたらAさんはその方法を知っていたかもしれない。でもAさんは政治家で、政治家の人は「票」を持っている、その「票」を確実に自分に投ずる人のことしか考えない。

「サロメが面倒見てくれなかったら？　もしここを出ることになったら、双葉はどうする？　何する？」

「式花は？」

「……判らない」

　本当に、判らない。テレビの中の女は何かの会社に勤めている。その女は酒を飲みながらほかの女に「セックスレスで困ってるの」と言っている。単なるセックスでいいなら百回くらいわけてあげたい。その代わり、一日くらい彼女の生活を体験させてほしい。


　雨の夜に王様が来た。また、耳鳴りのような雨が世界を覆い、地表のすべてがちょっとした川みたいになる初夏の雨の地獄っぽい夜。そのころ私の禿はとうとうおでことつながっていた。したがって形は星形を保てなくなっていた。

「膨張しすぎた宇宙はビッグバンを起こすんだ、そしてまた新しい宇宙が生まれる」

　過剰に露になった禿をべろべろと舐めながら王様は言った。私の宇宙は膨張しすぎて違うスペースを侵食している。いや、おでこが違う宇宙を侵食しているのか、どっちなのか。私は頭からおでこにかけて舐められながら、王様の陰茎のような指をしゃぶる。舐め心地は普通の指である。爪が亀頭っぽいだけだから、その亀頭は普通に硬い。嗚呼、でも、私は今日こそ王様に抱かれたい。王様が何を考えているのか、その肌を媒介にして知りたい。この指で身体中をくまなく犯されたい。

そして今日は前回と違って、早い時間から望みどおりになった。仰向けの王様は硬く熱く凝固し、私は穴をあてがい腰を落とす。ひゅん、という風のような音が喉から漏れた。本当は避妊具を使わなければならないのだけど、いくら早く着けても縮んでしまいそうで、一刻も早く身体の中に納めなければ、と思った。

私は王様の身体の上で踊る。私の骨や皮膚や肉のすべてが王様を喜ばせようと、そして王様を吸い尽くそうと海辺の篝火《かがりび》のように踊る。王様はしばらくののち深く私の奥を、一度だけ突き上げた。そして起き上がり、私を組み伏した。身体の奥の違うところがえぐられて私はまた冬の風のように鳴く。

王様の陰茎のような指が私の胸をむしり取ろうとするがごとく摑み、王様の片方だけ緑色の目がなんとなく色を濃く増してゆく。緑色の円形が二つずれて重なったみたいないびつな瞳を持った右の眼球は、何も見えていないいんだそうだ。緑色が濃度を増し、海の底のような、宇宙の果てのような、叫びだしたくなるほどの闇の色に変わるころ、私は泣いていた。

「王様、王様」

私の訴えに王様は「まだだめだ、もう少し」と答える。ふすまを薄く開けて、双葉がこちらの様子を見ているのが感じられた。私と王様の吐息のあいだを、微かにアカシヤの匂いのする隙間風が一筋。いつもは平気なのに、今日だけは見ないでほしいと思った。この狭い部屋が私と王様以外のものにひとかけらでも侵食されるのはイヤだ。王様の右の瞳から溶け出した闇が、狭い部屋を照らす橙色のぼやけた灯りを塞いでしまえばいい。そうして私と王様を、ふたりだけしか存在しない小さな宇宙に閉じ込めてくれればいい。膨張し、破裂し、新しい何かを生む宇宙はきっと大川の橋の向こうよりも遠くの世界に私を飛ばしてくれるはずだ。

「王様、お願い、もう」

身体は溶けそうで、私は王様の頭を両手で摑み、唇の中に舌を突っ込んだ。細切れの吐息の中で王様は私の舌を嚙む。痛みよりも「嗚呼、王様の歯は鋭くて硬い」という物質の喜びに満たされ、私は渾身の力で膣を収縮させた。そこにも歯が付いていればいいのに。そうしたらほしいものは嚙み千切って中に残しておけるのに。王様は小さく呻《うめ》き肩を摑み、跳ねる陰茎が私の身体を糸で吊ったように撓らせた。降りしきる雨は世界を覆い、冷たく濡れた世界は私と王様を痛みと共に切り離す。王様の指は私の頭を撫でる。でもその指と私はどこも、細い糸ですらつながっていない。それが悲しかった。

ふすまを薄く開いて双葉はやはり私たちを見ていた。私がシーツを替えていたら、ふすまを全部開けて双葉は言った。

「今度はあの人なんだね」

「……どういうこと？」

「禿が大きくなるとき、必ずあんたはひとりの客に執着してる」

「え、そうなの？」

知らなかった。

身体を洗っておいで、と言われて私は風呂場に向かった。湯船に浸かっているあいだに、双葉が客を取っていた。もしかして同じ女の腹の中にいたかもしれない私たちは、今は別の人間として暮らしている。秒単位の現時点に限ればひとりは風呂に入り、ひとりは布団の上だ。ただ、別の人間と言うにはあまりにも近すぎる。身体を触り合う行為が単純に気持ち良かった子供のころ、私と双葉はお互いの身体を、乳首や脚の間を触り合いながら眠りに落ちていた。それが仕事になったあとはさんざん他の人に触られるから、双葉とは、なくなった。たしか初めて禿を作ったのはそのころだ。一箇所の毛を、何も考えずに抜いていたから単にそれはウニとか栗みたいな形だった。

女の腹の中はどんな住み心地なのだろう。私は湯船の中に頭まで浸かる。ぬるい湯が耳の横で私の世界をより狭く閉ざす。ひとつの腹の中で、双葉と私、陰陽魚みたいに重なっていたのだろうか。そのころの記憶があればいいのに。潜り、息をするために頭を出し、また潜り、とやっていたら風呂場の扉が開いた。素っ裸の双葉が立っていた。なんだか久しぶりに見た気がする。

「一緒に入る？」

「うん」

けたたましい音を立てて追い炊きレバーを回し、双葉は手桶に湯を汲んでざっと股を洗うと湯船に入ってきた。子供のころはふたりでも余裕があった。けれど今はぎりぎりだ。私は立ち上がり、洗い場に移動してシャンプーを手のひらに出した。だいぶ少なくなった髪の毛はよく泡立つ。指先が禿の上を掠るたびに王様の舌を思い出した。指も思い出した。でも顔が思い出せない。髭が生えていたのか生えていないのか、丸いのか四角いのか、私の舌を挟んだ歯の硬さも思い出せるのに唇がどんな形だったのか判らない。

シャワーで頭の泡を洗い流したあと、双葉が手を伸ばして私の頭を摑み、言った。

「今度のは大きいねえ」

「うん。このままだと髪なくなっちゃうかもしれない」

「部屋が毛だらけだから、あとで弍花が掃除してよ」

この時期に掃除をすると不安になる。箒《ほうき》で部屋の隅に集めて手のひらに取る、ほこりまみれの、喪失したものの大きさ。見なくてもいい、見たくないものはもう隠しようのない大きさになり、こうして双葉やババアに心配され、客には怪訝な顔をされ、王様には物理的に舐められる。隠しておかなきゃいけなかったものだと思う。見せてはいけないものだったのだ。

　初めて禿を作ったのは初めての客を取ったすぐあとだった。三年後くらいに禿を作ったとき、たしかに私は「先生」と呼んでいた客を毎日待ち望んでいた。この先生は私と双葉、ふたりともを同時に買っていた。私たちの値段はそのころ、今よりもずっと高かった。ふたりを同時に買っていたら、普通の人ならあっという間にお金が無くなる。夜中、店じまいをしたあと、裏口からこっそりと入り込んできた「先生」は、私を攫《さら》おうとした。でも速攻で若いのに見つかり、それ以来顔を見ていない。髪の毛を抜きつづけていたら、もう先生は来ないよ、と双葉に言われた。

　あとの二回は、妊娠をして堕胎をしたとき。双葉には泣かれたが、ほかの店の女にも「可哀想に」と言って泣かれた。私が可哀想なのか、外気に触れる前に掻き出された受精卵が可哀想なのか判らず、何も言えなかった。

　身体を流す湯の音と小さな窓の隙間から夜の路地へ流れ出る湯気。外の茂みで虫が鳴いている。夏が来る。


　三日後、地面が白くひび割れそうなほど晴れた昼にババアが家に戻ってきた。点滴のポールおよび酸素吸入器を引き連れて。ゴミみたいに皺だらけの顔をした看護師がババアのあとをついて回った。ババアが一階の部屋の押し入れや箪笥や抽斗を何やらごそごそやっている中、看護師は私と双葉を二階に連れてゆき、言った。

「シモーヌは三日以内に死ぬ」

「え、あんなに動けてるのに？」

やっぱりな、と思いつつも私は言い返した。

「たっくさん痛み止め打ってるんだよ。頭もしっかりしてるけど、そろそろ普通の痛み止めじゃどうにもならなくなる。そうしたら間もなく死ぬよ」

沈黙の二階に、一階からババアの声が飛んでくる。

「私のワンピースは⁉　バレンシアガの花柄の！」

死ぬ三日前でもそういうことは憶えているのか。苦笑いしながら双葉が押し入れからいつか着ていたワンピースを取り出し、一階へ下りる。

「死んだあと私たちどうなるの？」

「さあねえ、私は知らない。マーさんに訊いてみれば？」

私の問いに、看護師は無慈悲な声で答えた。

その日ババアはそれまで貯めてきた金と物品を私たちに渡すために戻ってきたらしい。

ふたつの大きなラタンの籠に、服や宝石やいくつもの古ぼけた封筒が入っているものを、ババアは私たちの前に並べた。そして何か説明するよりも前に背中が痛いと言って床を転がりまわり始めたため、看護師が彼女をかついで通りに停めてあった車に放り込み、病院に戻って行った。かつがれたババアは曲がりくねった枯れ木みたいだった。店先に打ち水をしていたサロメが、通りに出て車を見送る私たちに「どうしたの」と問う。どうもこうも、ババアがいなかったあいだの稼ぎをさっきサロメから受け取っていたはずだから、彼女は顚末を知っている。

「ねえサロメ、帽子屋のねえさんたちってどこに行ったの？」

店を閉じてもう八年くらいになる帽子屋は、表の戸の木枠が朽ちてきていた。記憶の限りでは私たちよりも少し年上の子がひとり、三十歳くらいのがひとり、四十歳くらいのがひとりとババアがいた。でも帽子屋のババアはかなり昔に死んでいる。

「出て行ったよ」

とだけサロメは答え、ひしゃくを乱暴に手桶に放り込むとお茶屋の中に戻って行った。それ以上何も訊けない雰囲気だったため、私たちは家に戻った。

ラタンの籠の中に入っていた古い封筒を開ける。ばらばらの一万円札がたくさん入っていた。封筒は全部で十二、ふたり合わせて二十四あった。すべてに一万円札がたくさん入っていた。私たちは二十四個の封筒を前に、しばしぼんやりした。もしかすると、私たちの出生のヒントになる何かがあるのではないかと、ふたりとも口には出さなかったが、期待していた。でもぜんぶお金だった。

お金があったらあれが買えるとかどこに行けるとか、夢想することはよくある。この世のものとは思えないほど青くて美しい海の見える南の島に行きたいとか、ボタンひとつで追い炊きのできる風呂が付いている家に住みたいとか。でも、小学校や中学校にさえ通えなかった私たちは当然この界隈から出られない。大川の橋よりも向こうには行けない。お金があってもそれはきっと同じだ。パスポートが作れないし住宅ローンも組めない。そもそも自分が本当に日本人なのかも判らない。マーさんの支配する小さな王国の中で毎日、食事をし、排泄し、本を読み、テレビを観、仕事をし、ときどき橋を越えて買い物に行き、ここに戻って来て寝る、それだけ。目を閉じればどこにでも行ける。でも、目を開ければいつもここにいる。

「ねえ弌花、さっきサロメ、出て行ったよ、って言ってたよね」

双葉が、封筒から一万円札を取り出して数えながら言った。

「うん」

「このお金があれば出て行けるのかな」

「どこへ」

「私、沖縄に行ってみたい」

声が真剣だった。本棚から古い日本地図を持ってきて、双葉は開いて私に見せた。私たちがいるのがここ、と、東京のあたりを指で示す。

「で、沖縄はここ。こんなに離れてても私たちは飛行機には乗れないでしょ。でも、船があるの。船なら身分証明書がなくても乗れるんだって、前に客に聞いたんだ」

ふうん、と私の喉《のど》からは気の抜けた声が出た。そして次に発せられた双葉の言葉に、後頭部を脛《すね》で蹴飛ばされたような気持ちになった。

「弌花はどこ行きたい？」


サロメが、今日は店を開けなくて良いというので、双葉が病院に行き、私は店に残った。ババアが死んだら店に電話が入る。

先生のことを思い出す。夜中、看板の火を落としたあと、彼は店に忍び込んで寝ている私を毛布でぐるぐる巻きにして外に連れ出そうとした。あのとき先生は私を選んでそうしたのだろうか。双葉でも私でもどっちでも良かったのだろうか。もしマーさんのところの若いのに見つかっていなかったら、私は今どこにいたんだろう。それとも死んでたかな。

風が強い。夜通し病院にいる双葉は、死にゆくババアを見ながら沖縄へと心を飛ばしているのだろう。おそらく同じ女の腹から生まれて、今まで同じ屋根の下で過ごしてきて、これからも、いずれこの店から出てゆくときもふたり同じ場所へ向かうものだと思っていた。

——弌花にも行きたいところがあるでしょ。

昼間の、双葉の発言のあと私が黙っていたら重ねて彼女は尋ねた。ある。双葉のいるところ。でも言えなかった。一緒に行く？　とは訊いてくれなかった。近くの美容院がいらなくなった雑誌をくれるから、流行の服や食べ物は知っている。テレビのニュースを観るから国や国の外で何が起きているのかもだいたい知っている。でもこの界隈の外にいる人たちは、客以外、私がここに生きていることを知らない。

枕の横に抜けた毛が溜まってゆく。ババアは永遠に死なないと思っていた。彼女の話を信じるならば、近くにある元遊郭がまだ花魁道中をしていたころから売春婦をやっていた人だ。寿命などとは縁遠い妖怪か何かだと思っていた。でも人間だった。あんな、点滴の針を腕に刺したまま、他人に支えられてよろよろと歩く姿なんて見たくなかった。肉体的にもうどこにも行けないババアと、どこかに行きたい双葉、そして私には行きたいところがない。海は私の身体の中にある。目を瞑《つむ》れば空もある。働けば食べられることは知っているし、ここにいればまた王様がきっと来てくれる。もしどこかに行く代わりに何かひとつ自由を許されるのだとしたら、私は身体の中の海に王様の子供を宿したい。今までは二度も掻き出されてしまったけれど、堕ろせなくなるまで誰にも見つからなければ産める。

布団から身体を起こし、下に降りた。店を開けなくて良いとサロメは言ったが、蠟燭に火をつけて戸を開け、看板に入れた。人通りのまばらな表で客引きをしていたサロメんところの干物のババアが「開けるのかい」と訊いてくる。

「開けるよ」

待っていれば王様が来てくれる気がした。私の、もはや落ち武者よりもひどい頭を干物のババアが咎《とが》める。

「帽子か何かかぶんな、そんな頭じゃ客がつかないよ」

「いいの、このままで」

ババアの形見になる予定のものが入った籠からワンピースを一枚取り出し、着替える。下着は無駄だから着けない。框《かまち》に腰かけて外を歩く男の人たちの足を眺めていたら、一時間くらいののち、やはり店の前で足を止めたのは王様だった。私は立ち上がり、店から走り出て王様の腕を摑む。王様は私の手を取り、店の中に入る。幸い干物のババアは店の中に入っており、見ていなかった。私は再び外に出て店の看板の火を吹き消し戸を閉めた。

暗がりの中で王様の顔は見えない。王様は私の行動を見て「何してるの」と尋ねるが、私は答えずに王様の背中に腕を回した。

「今日はお金払わなくていい。だから四十分より長くいて、ずっといて」

私はきっと王様が好きだ。だから知りたいし憶えたいのに王様は自分のことではなくこの世の中の成り立ちについてしか話さない。地球の外に生命体がいる事実についてとか、その生命体により今の人類の文明が成り立っているのだとか、日本人のゲノムには宇宙人の遺伝子が含まれているのだとか。

そんな話を拝聴しながら私は仕事ではなく、王様とセックスをした。そうしたら彼の手の指はいつの間にか普通の人間の指になっていた。さも、最初から普通の指でしたよ、とでも言いたげに、少し太い十本の指はちょっと爪が大きいだけのただの指になっていた。

「王様、本当は宇宙人でしょう」

陰茎が脚の間から抜け落ちたあと、私は確認した。

「僕も君もみんな宇宙人なんだよ、何故ならここは大宇宙の中で、この星は芥子粒《けしつぶ》みたいに小さなひとつの集落で、その集落を地球と呼ぶなら僕らは地球人で、もっと広い単位で考えれば宇宙人だ」

「言葉を間違えました。王様は本当は地球外生命体でしょう」

王様は黙ったまま私の顔を指先で撫で、毛のなくなった頭を撫でた。そのとき、電話が鳴った。私は布団の中で電話が十五回鳴るのを聞いた。そして枕元にババアが立つ気配を感じた。王様はそれに気づいておらず、私だけが顔を上げてババアのほうを見遣る。幽霊に脚はある。ババアはしゃがみ込んで私の頭を撫でた。

「私は、どこに行けばいい?」

声に出して問うたが、ババアも王様も何も答えない。夢なのかな、と思ったけれど、王様の指の感触は確かにあるから夢じゃなかった。また電話が鳴る。私は身体を起こし、王様にも起きてくれるよう頼んだ。王様は服を着て、私に一万円札を何枚か差し出した。いらないって言ったのに。私がそれを受け取った瞬間、王様の指はまた陰茎に戻った。ふたりで店を出たあと、王様は私に「さよなら」と言った。

「宇宙に帰るの？」

「宇宙人だからね」

「私も連れて行って」

「いつでも。君が望めば。でも今日はダメだ、準備ができてない」

王様は神妙な顔をして、ごめんね、と謝ったあと病院とは反対の方向へと歩いて行った。

そして反対側からは双葉が走ってきた。

「ババアが死んだ、三日も持たなかった」

私のところまで息を切らして走ってきたあと、双葉は言った。

「うん、さっき枕元に立った」

どこに行けばいい？　と問うても彼女は何も答えなかった。そしてやはり私はどこかへ行くことを望んではいなかった。双葉は「今からマーさんところに行ってくる」と言う。

「行かないほうがいい、沖縄に行きたいなら今すぐ行ったほうがいい」

私は言った。おそらく私たちがどこにも行けないよう、ババアが残したお金をマーさんは取り上げるだろう。そうならないよう、わざわざ死ぬ前に私たちに分配したのだ。

「弌花は、どうするの」

「私はそのうち宇宙に行く」

「は？　とりあえず、いったん家戻ろう」

双葉は私の手を取り、ずんずんと歩いてゆく。まだ看板の火はぜんぶ落ちていないのに人通りはない。近いうちこの界隈は廃屋だらけになるだろう。双葉がいなくなり、サロメが死んだらきっとサロメんところの女たちもここを出てゆく。マーさんも、見つけたら罰するけれど、自分で見つけられなければ「仕方ねえや」で済ませてしまうようなところがある。

双葉は押し入れから鞄を取り出し、一万円札の入った封筒をその中に入れ始めた。双葉がここから出て行って、私もここから出て行ったら、お互いに連絡を取れなくなる。世間の人たちが持っている携帯電話は契約できないから、どちらかがこの家にいない限り、永遠の別れになる。

「どこに住むか決まったら、家に電話をちょうだい」

「いつになるか判らないよ?」

「うん、でも待ってるから」

外の様子を窺う。柱時計の針が上向きに二本揃うころ、八軒すべての看板の火が落ちる。戸が閉まり、若いのの姿も見えなくなる。

「じゃあね、双葉」

大きな鞄を抱えた、かつて同じ女の腹の中にいたであろう女を、私は戸の内側から送り出す。出産に似ているなと思う。生まれる子供、腹の中で死ぬ子供。私は死ぬほう。

「じゃあね、弌花」

双葉は腕を伸ばし、私の頭を摑むと唇を重ねた。とても久しぶりだった。そしてこれが最後だった。彼女は一度だけ振り返り私を見たが、その背中はすぐに闇へ消えた。

「私は残るから」

背後にいるババアの幽霊に伝えても、何も返事はなかった。

紫陽花坂

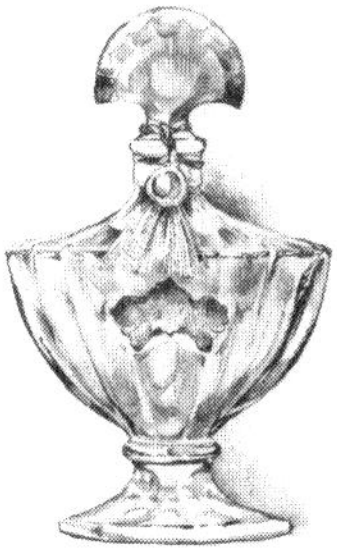

縁《えにし》はときに人の暁識を超え、限りなく息を潜め姿を隠していても、何かの拍子で突如その細く頼りない糸を可視化させる。どこからどう私へと辿り着いたのか、その人の死を告げる短い文面が表示された携帯電話の画面を見つめ、玄関先で何秒か息を止めた。

晩冬の寒い夜である。べた雪の降る窓の外からは時おり、積もった雪を押し潰す車の走行音が、しゃー、とも、ざー、とも聴こえる。部屋に入りストーブに灯油を足し、マッチを擦って火を入れる。部屋を借りたとき既に設置されていた、いつのものかも判らない古いエアコンは壊れたままだ。部屋が温まるまでコートが脱げず、私は外の冷気を纏《まと》ったまま、まだ冷たい炬燵《こたつ》へ足を差し入れた。そして再び携帯電話の画面を見た。

通夜と葬儀の日時と場所を知らせるだけの簡単な文字列。死者が生きていたころ、そして死者と同じときを過ごしていたころ、私などはるか遠くにいたはずなのに、縁は呼ぶ。お別れをしにきてください、と。とっくに別れているし、そもそも私は死者と親しくもなかった。親しかったのは私の友人だ。しかしメールの最後にはその友人の連絡先を尋ねる一文があった。消息が知れないのだと。

生きているのかも判らない。私があの場所で友人と死者を見ていたことは確かなのだが、今、頼りない縁の糸は彼女と私をつないでいない。目を凝らしても見えない。ただ、記憶だけは鮮明だ。私はかつて友人を己の頭の中に生かし、文章を綴っていた。彼女からの話や私が見たもの、聞いたこと、ひとつひとつの出来事をつぎはぎにして拙《つたな》い物語を書いていた。友人に憧れていたのかと訊かれれば、否である。私は興味を持っていた。憧れなどという一方的な感情ではなく、あのとき彼女と私のあいだには確かな縁があった。それがいつの間にか野晒《のざら》しの絹布のように風に飛ばされていったのだ。もともと彼女など存在していなかったのではないかと錯覚させるほどに、きれいさっぱりと。

部屋がある程度温まったあと、私は押入れを開け、一番奥に仕舞ってあった「必要になるかどうか判らなくて処分できず、なんとなく実家から持ってきた段ボール箱」を引きずり出した。黴《かび》なのか埃なのか判らないもののせいで何度かくしゃみが出た。洟《はな》を啜《すす》りながらざらざらとした蓋《ふた》を開ける。友人の物語を綴ったノートはすぐに見つかった。それだけ、赤い表紙のリングノートだったからだ。授業用のノートは半透明のプラスチックバインダーにB罫のルーズリーフだった。

弔いになってしまいそうで、私はしばらくその赤いノートの表紙を見つめ、結局閉じたまま傍らに置き、同じ箱の中から卒業アルバムを取り出した。写真は不思議だ。もう取り戻せない時間のひとかけらを、平たい紙の中に焼きつける。制服を纏った私は若かった。そして同じ制服を纏っていた死者の情人は、小さな写真の中から静かにこちらを見つめる。

久しぶり、方外《ほうがい》の友。

＊１９９３年＊

雅子さまブームの中、まだ地方都市の不良少女のスカート丈が踝まであった時代

よく耳にする光化学スモッグなるものが何色をしたものなのかわからないし、どれくらいの濃度なのかもわからない。けれど、きっとこんな色をしているのだろうな、というモーヴな色あいの薄暗い雲の下、生温い湿気を含んだ風が、耳にかすかに届く程度の音量でショパンの「雨だれ」の旋律を運ぶ。

濃紺のボックスプリーツのスカートは湿気を含んで重くなり、白い長袖のブラウスは滲んだ汗で肌に張り付き、長い髪の毛の先には水滴が露のように散っていた。息切れがしてきたため、夕子《ゆうこ》は坂の半ばでいったん立ち止まる。そして制服のリボンタイと同じ紅色の傘を傾げ、急勾配の長い坂道を見上げた。坂の頂上にある老朽化した灰コンクリートの四階建ての校舎は、いつ見ても廃病院のようだ。

ささめやかな六月の雨が、坂道の脇溝に細い川を作っている。その横には色とりどり

の紫陽花が花を咲かせる。少し前までこの坂道には申し訳程度に植えられた桜の木が花弁を散らしていた。しかし桜よりも、坂道の両脇に植えられた紫陽花のほうがはるかに見事な花を咲かせるため、校門までつづくこの坂道は、紫陽花坂、と呼ばれている。毎朝毎夕、この女子高校に通学する生徒たちは修行のごとく紫陽花坂の上り下りを繰り返す。今までも、これからも、ずっと。

傘の水を軽く払い、上履きに履き替えて中に入ると、まだ授業中の古い校舎はひんやりと静かだった。風が運んできたピアノの音色も既に聞こえなかった。このまま遅刻扱いで授業に出るのも憚られ、夕子はすのこを並べただけの渡り廊下でつながる木造の旧校舎へと向かった。化学室で文芸部の喜恵《きえ》に借りた、太宰治の『晩年』という文庫本を読み終えてしまおう、と思った。旧校舎は電気が通っておらずもう明かりもつかないが、南側の窓べりに座れば外の光くらいは届くだろう。

化学室の戸の鍵は開いていた。一部の生徒を除き、誰も好きこのんで旧校舎などには足を踏み入れないため、管理がとても杜撰《ずさん》である。元々そこが青かったなどと想像もできないほど大胆に塗料の剝《は》げ落ちた、古くがたつく木の戸をレールから外さないよう慎重に開けると、夕子がまさにそこに座って本を読もうと思っていた南側の出窓には先客がいた。先客は来訪者を見付けても、咥《くわ》えた煙草を消そうともせず、ただ手招きをした。

夕子は潰れた学生鞄を机の上に放り投げ、先客の傍に歩み寄る。化学室の黴くささと、煙草のにおいと、制服が湿気ったにおいと、先客の纏う夜間飛行の香りが混じってなんだか胸が悪くなりそうだった。

「おはよう、盲《めしい》の少女」

煙草とお酒のせいで少し掠れた声が言う。

「おはよう、透明人間の神様。でももう五時間目も終わるよ」

夕子よりひとつ年上の笙子《しょうこ》は細い指で夕子の頰を撫で、ついで雨に濡れた髪を撫でた。五時間目までいったい何をしていたの、と夕子は訊かなかった。出窓のコーヒーの空き缶には、既にたくさんの吸殻が捨てられていた。一目瞭然だ。

「夕子はなんでこんなに遅いの」

「五時間目に化学の授業があったから」

「化学の授業は新校舎の化学室でしょ。ここじゃない」

「意地悪を言わないで」

夕子は笙子の手から煙草を奪い、空き缶に落とした。美しい年上の女生徒の形良い唇からは、かすかにまだ煙が吐き出されている。

「神様、湯気をちょうだい」

盲の少女は舞台の上で、湯気という名のくちづけをほしがる。透明人間はくちづけを湯気に変え、少女に与える。

　湯気は異国の甘い煙草の匂いがした。


　結局ふたりはなんの授業も受けず、終礼の鐘の余韻が欠片《かけら》もなくなったころ、講堂の裏にある部室棟へ向かった。本来「学校の敷地内」という場所は、すべて上履きで移動ができるはずなのだが、講堂裏の部室棟に向かう道は足場が悪く、一旦ローファーに履き替えなければならない。

　勢いつけて閉めると扉が外れる部室には、既に秋子《あきこ》がいた。ソファに座り、手に持った雑誌に目を落としていた彼女は来訪者に気付くと顔を上げた。

「ねえ笙子先輩、グランギニヨルの舞台、またやるみたいですよ」

「あれは日本人がやってもなあ」

　笙子が面倒くさそうに答えると、秋子は持っていた雑誌をこちらに広げて見せた。

「今回はフランスから来るんですって」

「それなら見てみたい、貸して」

　笙子が秋子の手から雑誌を奪い、窓際に凭《もた》れ掛かって読み始めてしまったので、夕子は座面が抜けそうなふたりがけのソファに座っていた秋子の隣に腰かけ、彼女の長い髪の毛を取って編み込み始めた。読んでいた雑誌を笙子に取られて面白くなさそうだった秋子に、夕子は謝罪として、部室に来る前に購買部で買ってきたコーヒー牛乳を手渡した。秋子は当然のような顔をして受け取り、ストローを刺す。

「夕子ちゃん、また化学サボったでしょ」

「うん。だって出たくなかったんだもん」

科学の授業は化学、物理、生物で分かれているため、授業を行うときは二クラス合同だ。秋子と夕子はクラスが隣同士で、ふたりとも化学を選択していた。

「四月から一回も出てないじゃない。期末試験どうするの」

「四月の最初の一回目は出たよ」

夕子の言葉を受け、秋子は白目を剝《む》いて溜息をつく。そして鞄から綺麗なアラベスク模様のノートを取り出し、怠け者の同級生に手渡した。まだ今の時期ならコピー機すいてるから、今のうちにコピーしてきなさい、と。夕子はノートを受け取り、気取った声で「メルシー」と言ってソファから立ちあがる。秋子は同じ声色で「イディオー」と答え、ひらひらと手を振った。

夕刻、時雨の渡り廊下で、部室に向かう桃子《ももこ》とその傍らで大量の紙の束を抱える一年生の部員に遭遇した。桃子は笙子と同学年の、夕子にとっては先輩である。夕子に気付くと桃子は一年生に先に行くよう促し、自身は足を止めて笑おうとしたのだろうが、顔が痛くてできなかったらしい。左の頬には紫色に変色した痣《あざ》が。不自然に顔を歪め、尋ねてくる。

「笙子は？」

「もう部室に行ってますよ」

「夕子はどこに行くの」

「秋子ちゃんに化学のノート借りたので、コピーしてきます」

「早く戻ってきて。脚本決めなきゃいけないから」

「はぁーい」

生徒が使用できる一枚十円のコピー機は、校舎の四階の一番奥にしか設置されていない。ぜいぜいと息を切らしながら夕子がコピー機まで辿り着き、圧板を持ち上げたらそこには一枚の紙が残されていた。裏返すとそれはおそらく何かの脚本の最後のページだった。

そういえば、桃子先輩、こっちのほうから来てた。後輩、紙の束持ってた。

周囲を見回せば、傍らに無造作に積まれた段ボール箱の上には、置き忘れであろう、最後のページ以外の、脚本の原本があった。

なんだ、もう決まっていたんじゃないの。

夕子は数分前の桃子の言葉に毒付き、手に取った紙の束をばらばらと捲《めく》った。それは岸田理生《きしだりお》がだいぶ前に戯曲賞を取った脚本だった。話の舞台は娼家。表では糸を売り、裏では色を売る。ストーリーが難解な分、舞台美術や照明に凝らなければならないタイプの芝居だ。難しいんじゃないのかなぁ、と夕子は誰にともなく呟くが、直後「野田秀樹よりは簡単よ」と内なる声が答えた。うん、いかにも。

去年の文化祭の舞台で、夕子と秋子はふたりで主役を演じた。なぜならその芝居の上演時間が異常に長かったからである。渡された脚本を見て、主演女優ふたりは野田秀樹を恨んだ。なんて長いの。前半が夕子、後半が秋子の担当だった。

相手のペテン師役を演じた笙子は、そのあまりのカッコよさ（不良用語で言えば「渋い」読み＝シビー）に、大勢の下級生から手紙やプレゼントを貰ったりする存在になってしまった。私の先輩なのに余計なことしないでよ、と、夕子は笙子の靴箱や鞄の中に入っている忌々しいプレゼントをこっそり捨てる。武士の情けで、手紙はとっておいてあげた。どうせ笙子は読まずに捨てるから。

「あれ、夕子、桃子見なかった？」

夕子がノートのコピーを取っていると、階段をのぼる足音が聞こえ、それが次第に大きくなり、先ほどの夕子と同じように息を切らした部長の美彩《みさ》が声をかけてきた。

「先ほど見かけました。これ、桃子先輩の忘れものです」

手渡された紙の束を受け取った美彩は、怪訝そうな顔をして後輩の手元を見る。

「夕子は何をコピーしてるの？」

「秋子ちゃんに借りた化学のノートを」

「授業出てないの？」

「私があの教師の授業に出ると思います？」

化学の男性教師は、私立高校の教師のくせにまったく身の程を弁えていない、うっとうしいタイプの人間である。熱血漢がシビーと思っている運動部の女の子たちの中にはその教師に憧れている子もいたが、低血圧、低体温を美徳とする文化部の生徒たちには、嫌われている、というかいないものとして扱われている教師だ。夕子に至っては名前も憶えていない。

「出るわけないいか」

美彩は共犯者の顔をして笑う。

気付けば雨はいつの間にかあがっていた。煤けた西の窓に金色《こんじき》の光が差し込む。

やがて熟した杏の実のような夕日が山に沈み、空は茜から紫へと移ろう。紫陽花坂を下る少女たちの口から零《こぼ》れ出る漣《さざなみ》に似たざわめきが夕闇に吸い込まれ、人気《ひとけ》のまばらになった校舎はひんやりとした静寂を取り戻し始める。廊下でお喋りに興じる少女たちの途切れ途切れの声は時間を置いて、階段の天井に木魂し、柔らかな欠片となってほうぼうへ散らばる。やがて跡形もなく消えてゆく。

化学、嗚呼、化学。

何のために女子高に入ったのかしら、と、入学当初、男性の教師の存在を知って夕子は愕然とした。早起きをすれば男性教師のいないもっと遠くの学校に通うこともできたのだが、そんなことするくらいなら寝ていたい、という怠惰な理由で一番近い女子高を選んでしまったのが間違いだったと今は思う。夕子がひとりで勝手にお嬢様を気取っているだけで、ここは決してお嬢様学校ではない。存在するのは普通科と商業科。一学年に普通科は一クラスで商業科は七クラス、そして生徒の約八割が不良（筋金入りの不良が二割と、凡庸な不良が六割）というこの荒《すさ》み切った学校。制服はたいして可愛くないし、校舎もただの古いコンクリートの箱だし、男の気を引くことと学校帰りに遊ぶことしか考えていない同級生の話題にはついていけない。もっとも、学校帰りに遊ぶ、などという行動は夕子の場合、地理的に不可能である。家と学校のあいだに遊べるような繁華街がない。

そんな環境でも六月に入ったあとは、毎日の登校が少しだけ楽しくなった。ピンク色、紫色、水色と、日ごとに表情を変える紫陽花が綺麗だから。夕子が笙子に声をかけられたのも、ひとりで遅い登校をして、ぼんやりと坂の途中で紫陽花を見ているときだった。

――あなた、スカート短い。

笙子もまた夕子に負けず劣らず遅刻が多い。その日、夕子と同じくらい大幅に遅刻をした笙子は、ピンク色の紫陽花の前で傘をさして突っ立っている名前も知らぬ後輩に、背後から唐突に声をかけたのだった。

後輩が振り向けば、だるそうな掠れた声をかけてきた、おそらく二年生と思われるその名前も知らぬ先輩のスカートは、踝《くるぶし》まであった。

——余計なお世話です。きちんと膝は隠してるでしょう。

——今日は風紀検査の日だよ。情報まわってないの?

リボンタイを外していたせいで学年がわからなかったらしく、一年生かどうかを訊かれたあと、夕子はその人に連れられて未だかつて足を踏み入れたことのない、薄暗い部室棟へと赴いた。演劇部の部室には標準丈のスカートが、夏物も冬物も何着も置いてあった。高槻《たかつき》笙子と名乗った二年生はその中から夕子の腰回りに合いそうなものを引っ張り出し、部屋の中央にまとめて置かれた机越しに投げてよこす。夕子はそれを受け取ったあと、机の上に懐かしい題名の印字された紙の束を見付けた。

……あたしんちの家族はみんないい人　でも　みんな　自分の言葉を失くしてしまいました　こうなると　あたしが王様　そうしてあたしはひとりぼっち!

思わず口をついて出た台詞を聞き、笙子は「やっぱりあなた、そうだ」と呟く。そして東側の壁のほうを指さした。

大道具の残骸に交じって、東側の壁には座面の抜けそうな古いソファが置いてある。

今まで気付かなかったが、そこには驚くほど夕子と顔の似ている生徒が、肩まで毛布をかぶって寝ていた。

——この子すぐに倒れるの。だから、本当は長時間お芝居なんかしてちゃいけないの。でも次の舞台、この子が主役なの。助けてあげてほしいんだけど。あなたこの学区の公立中学校で演劇やってた子でしょう。

夕子は彼女の言葉に驚く。同じ学区の夏の演劇コンクールで、自分を見て覚えていたという。顔立ちがはっきりしていることと、声が高くよく通ることで、夕子は裏方に回った経験がなかった。三度のコンクールの内、どれを見ていたとしても夕子の姿は観客の目に映っている。ついさっき夕子が思わず声に出した台詞は、三年生のときのコンクールで演じた『狂人教育』の一節だった。つづく台詞は「でも　あたしだけは　自分の思いどおりにするの」である。

断る理由はなかった。夕子は思いどおりにした。何よりも、笙子と名乗ったその先輩の横顔があまりにも綺麗だったので夕子は、この人をずっと見ていたい、と思ったから。

寝ていた女生徒は秋子という名前で、二年生の桃子先輩にたいそう可愛がられていた。あとから現れた桃子は、ソファで眠りこけている彼女の人形と、いきなり現れた新入部員とを見比べて、生き別れの双子じゃないの、と言った。残念ながら、他人である。

演劇部や文芸部は教師たちにあまり良く思われていない。バスケットボールやバレーボールなど、球を床に叩き付ける類の部活が強い学校なので、文化部の生徒は小さな虫のような扱いを受ける、らしい。『晩年』を貸してくれた喜恵も、好きな作家に坂口安吾の名をあげてしまったため、勉強はできるのに教師からあまり良い扱いを受けていない生徒であった。読書感想文に『堕落論』を選ぶほうが間違っていると言ってしまえばそれまでだが、夕子は素直に喜恵を「素敵だなぁ」と思ったので、それ以来仲良くしてもらっている。同じクラスに演劇部の部員はいない。また、文芸部の部員も喜恵しかいない。進級時に離れる可能性はあったのだが、二年生でも一緒のクラスになった。ふたりとも新しい友達を作るのが非常に億劫な性分だったため、助かった。一匹狼がさまになればいいのだけれど、やっぱり教室で話せる人が誰もいないのはちょっとつらい。

久しぶりに晴れ間の覗いた昼休み、夕子が校舎の屋上のベンチで古くさい麻レースの日傘をさしながら喜恵と昼ご飯を食べていたら、バレーボール部の女の子たちが騒がしくボールを持ってあがってきた。

「佐々木《ささき》さんが来たね」

背の高い彼女たちを少し離れた場所から眺めながら、喜恵は含み笑いと共に夕子に耳打ちした。

「ばか」

「嬉しいくせに」

夕子はそちらを見ないように頑張ってみたが、人の欲求は嫌になるほど素直で、結局サンドイッチの包みを手のひらに丸め、集団の中に佐々木多佳子《たかこ》の姿を探していた。ちょうどトスを上げるところだった。多佳子の手から白いボールが空に放たれ、撓《しな》り伸びあがった彼女の背中には羽が見えるかのようだった。

あなたはこんなところで遊んでちゃだめです。白い肌が日に焼けちゃいます。今すぐ私の日傘を彼女の上にかざしてあげたい。

劣情に似た夕子の願いが届くはずもなく、制服のままひとしきりボールと戯れ、バレーボール部の部員たちはギャーギャーと騒がしく帰ってゆく。

「今日、佐々木さんの前の子、休みだよ」

喜恵はまたもや含み笑いと共に、先ほどよりは少し大きな声で言う。六時間目は体育だった。夕子のうしろの子も、休みだった。

昼休みが終わり、五時間目の半ばから次第に雲行きが怪しくなり、体操着に着替えるころは既に雨が降り始めていた。

しとしとと降る霧雨は、傘を持たずに校舎間を移動する少女たちの髪と肩と爪先を濡らす。睫毛や頰の産毛にも水滴は不愉快に纏わりつく。

ねえ今日の帰りバス停まで傘入れてって。

梅雨なのに傘持ってこないって、あんたバカじゃないの。

少女たちのおしゃべりが渡り廊下を賑わして、夕子は逃げるように走り出す。

走って体育館に向かう途中、運動靴の紐が解け、それを反対の足で踏んで夕子は転んだ。渡り廊下のすのこの上だったので、かなり派手な音があがり、そんなに痛くなかったにも拘らず、なんとなく起きてはいけないような気がしてしばらく動けなかった。喜恵はすのこにへばりつく友人を一瞥したあとさっさとひとりで行ってしまったが、偶然にもうしろから走ってきていた多佳子が、腕を掴んで起きあがらせてくれた。さらに靴紐も結んでくれた。

「反対側も出して、縦結びになってる」

言われるまま夕子は反対の足も出す。

「大和《やまと》さん、見かけによらず不器用だよね」

多佳子が、可哀相な人を見るように夕子を見て笑う。不器用で良かった、と夕子は思った。

「大丈夫？　立てる？」

多佳子がそう言って手を差し伸べてくれたとき、授業を終えた生徒たちが向こうから歩いてくるのが視界に入った。大人っぽい集団の中には笙子の姿があった。多佳子が夕子に手を差し伸べている様子をその瞳は映しているはずなのに、彼女は目もくれず無言で通り過ぎてゆく。夜間飛行の残り香の薄く漂う中、多佳子の好意に甘え、夕子は手に縋り立ちあがった。運動をしている人の手だった。

出席番号順、多佳子の前の生徒が休み、そして夕子のうしろの生徒も休みだった。したがって余ったふたりはペアで準備運動をする。普通、特に体育では背の順で組むものだと思うのだが、この学校はすべてが出席番号順である。おそらく教師が覚えるのが億劫だという理由だろう。

こんなよこしまな気持ちを持っている私が、多佳子さんとふたりで手をつないで準備運動とか、して良いのでしょうか。

床に座って足を伸ばした多佳子の広い背中を、抱きつきたくてたまらない衝動と闘いながら押していると、背後の夕子に向かって不意に多佳子が言った。

「さっき高槻先輩がいたね。大和さん、仲いいよね」

高槻は笙子の苗字だ。発言の意図がわからず夕子が黙っていたら、顔を半分だけこちらに向けて、多佳子は言葉をつづけた。

「去年の文化祭のお芝居のおかげで、私が助かったから」

なるほど、と夕子は手のひらに彼女の体温を感じながら合点する。

多佳子が入学したとき、それはそれは大変な騒ぎだったらしい。当時の夕子は彼女の存在を知らなかったが、一年後に初めてその姿を見て、笙子のときと同じく、いつまでもこの人を見ていたい、と思った。

　笙子は目立たないように努力して生きている。制服のスカートのボックスプリーツは腰の部分を詰め、丈は踝まであるが、それは単純に笙子の美意識によるもので、教師への反抗や授業のボイコットはしない。頻繁に遅刻するのは、朝起きられないから。それだけ。

　多佳子は目立たないようにする努力を一切していないため、結果的に目立つ。高い身長も、甘く掠れた声も、磨いた象牙のような肌も、夕子だけではなくほかの何人もの生徒が憧れているだろう。全校生徒の約八割が不良でも、不良少女の中身はただの少女だ。

　昨年の文化祭で、笙子は「目立つ人」になってしまった。女たらしのペテン師の役があまりに格好良すぎて、多佳子に熱をあげていた女生徒がだいぶ笙子に流れた。文化祭は三日間、演劇部の舞台は全日とも行われるが、三日目には用意していた椅子が足りなくなった。

「笙子先輩に伝えておくね」

「いいよ別に」

　交代して、今度は夕子が背中を押してもらう。広くはない背中が多佳子の手のひらの面積だけじわりと温かくなる。演劇部の活動には「準備運動」もあって柔軟もするため、夕子の身体は実は結構柔らかいのだが、ぜんぜん曲がらないふりをして押す力を強めてもらった。綺麗な人の身体の重みと甘酸っぱい制汗剤の匂いにくらくらする。このまま潰れて死にたいとすら思う。

死にたい人。

笙子が泣いているところに、過去一度だけ遭遇した。秋の、冷たい雨が降る夕間暮れのこと。正午までは晴れていたのに午後の授業が始まったあたりから曇り始め、下校時刻には雨が降り出していた。本降りにはまだ程遠かったが、どんな具合の雨か確かめるために空をふり仰いだ夕子は、コの字形の反対側の校舎の屋上に、見慣れた姿を見付けた。長いスカートと長い髪の毛、風に吹き飛んでしまいそうな華奢な身体。

開きかけた傘を閉じ、夕子は渡り廊下を走って反対側の校舎の屋上に向かった。息を切らして階段を駆けあがり、屋上へ出る重い扉を開ける。細かな雨粒の混じった冷たい風が頬を撫で、一瞬息が止まった。

雨の日の屋上など誰もおらず、笙子はひとり濁り切った曇り空の中、放棄されたマネキンのように佇んでいた。夕子が湿った足音を立てて近付いていっても、その瞳は夕子ではなく、灰色の空ばかりを映し出している。傘をさし掛けると彼女は初めて間近に立つ後輩の存在に気付いた。

——夕子、いつからいたの。

——風邪をひいてしまいますよ。中に入りましょう。

笙子は泣いていた。雨のせいでそれが雨粒なのか涙なのかわからなかったが、目と鼻の頭が赤かったので、八割がた涙だろう。笙子は後輩の名を呼び、腕を伸ばし、その細い首に指を絡めた。指が、冷たい。笙子先輩こそ、いつからここにいたの。冷たい指は後輩の首の頸動脈を押さえつける。後輩は、殺されるのだと思った。

——私が死んだら、どうする？

——笙子先輩が、望んでいるなら私もあとから死にます。

笙子は少しだけ笑うと、両方の手で夕子の首を摑み、指に力を込めた。

冷たい指は植物の蔓のように首に絡みつき、脆《もろ》い命を奪おうとする。首を絞められるのって、別に痛くもないし結構気持ちが良いかもしれない、と夕子が思っていたら、力が緩んだ。朦朧《もうろう》と目を閉じていたので、足元に柔らかいものがぶつかるまで、何が起きたのかわからなかった。笙子が倒れていた。

「痛いっ」

多佳子の叫びで夕子は我に返る。と同時に手を振り払われた。そう言えば、昨日割れた爪にバンドエイドを巻こうと思っていて、忘れていたのだった。きっとギザギザになった爪が多佳子の手の甲を傷付けてしまったのだろう。

「ごめん、大丈夫？」

「大和さん、爪長いよ」

「長くはないの。割れてるだけ」

かばっているほうの手を取り確認すると、手の甲には桃色の蚯蚓《みみず》腫《ば》れが一本できていた。と思っていたら、みるみるうちに血が滲んできた。夕子はその手を摑み体育館の入り口に向かう。体育教師は準備室にでも入っているのだろう、姿は見えなかった。

「どこ行くの」

「保健室」

「いらないよ、このくらいの怪我、しょっちゅうだよ」

と反論しつつも多佳子は手を振り払わないでいてくれたので、夕子は彼女の手を引き、体育館の外に走り出て保健室へ向かった。

辿り着いた保健室は鍵が開きっぱなしで、窓も開けっぱなしで、養護教諭は留守だった。本当に杜撰な学校だと思う。窓にかかる黄色く変色した白いカーテンを風が揺らしている。しかし杜撰な学校、と思ったのも束の間、薬品棚にはすべて鍵がかかっていた。マキロンくらい外に出しておいてくれても良いのに、と夕子は小さく舌打ちする。

「今日の授業、バドミントンでしょう」

「うん」

「嫌いなんだ、バドミントン」

「なんで」

「だってつまらないんだもん。鬼のように上手な子とかいて、勝負にならないし」

「そんな理由でサボりか」

「うん。でもバレーボールはもっとイヤ。痛いから」

クラスメイトの言葉に、多佳子は椅子に座りながら笑う。自分と同じく多佳子がバドミントンを嫌いなことを夕子は知っていた。夕子がそれを知っていることを多佳子は知らない。

マキロンがなかったから、夕子はティッシュを水に浸し、多佳子の手の甲に滑らせた。別にこんなの怪我のうちに入らないのに、と言いつつも多佳子はそのまま夕子に手を預けた。

「怪我が日常茶飯事なんて、演劇部のお姫様には想像もつかないだろうね」

「そんなことないよ。この爪だって、練習のときに先輩に突き飛ばされて、壁にぶつかって割れたものだし。そんなにどこも変わらないよ」

「どんな激しい文化部よそれ」

「文化部だって体力づくりはするんだよ。練習前には腹筋背筋五十回ずつやってるし」

読み合わせを終え、昨日から立ち稽古に入っていた。あからさまに不良で、実は暴走族のエライ人であるという噂のある桃子の力は半端なく、背中から突き飛ばされて夕子はしばらく息ができなかった。見かねた笙子に怒られ、次から力の加減をしてくれるようにはなったが、それでも毎日こんな風に突き飛ばされていたら練習中に死んじゃうのではないかと思う。

「綺麗な手ね」

自分の手のひらに余る多佳子の大きな手を見ていたら、うっかりと言葉が垂れた。

「そんなことないよ」

その言葉を聞く前に、夕子は多佳子の手の甲に唇を押し当て、舌で傷口を舐《ねぶ》っていた。滑らかな皮膚のすぐ下に、ひんやりとした骨があった。多佳子は咄嗟に手を引き抜く。

「なにするの、気持ち悪い」

「消毒」

「人の唾液には雑菌が含まれているから、これは消毒にはならない」

「まあ、それは正しいけれども」

こういうことは、してはいけなかったんだった。

「大和さん、おかしいよ」

おかしいという、その鋭い棘のある言葉に含まれた畏怖がどれほどのものなのか。多佳子の眼差しは明らかに困惑していたが、それでも席を立とうとしなかった。このあとどうすれば良いのかわからないのだろう。

「うん、おかしいんだと思う、私。だから、今まで見てるだけだったの。でも今日はこんなに近くにいられたから、嬉しくて、ごめんね」

先に出て行かれたら、どれほどみじめな気持ちになることか。

席を立ち、夕子は湿った足音と共に保健室をあとにした。昇降口を出たら結構な量の雨が降り始めていた。渡り廊下の雨樋から、ザー、と音を立てて水が流れ落ちる。体育館には戻らず、どこに向かおうか考える間もなく部室棟に向かっていた。

蝶番《ちょうつがい》もドアノブも外れそうな扉を勢いよく開けると、身を投げ出そうと思っていたおんぼろのソファは、授業をサボったのであろう秋子に既に陣取られていた。

「だめだよ、もっと静かにやんないとドア取れちゃうよ」

秋子は綺麗にそろった前髪の下で眉を顰《ひそ》めたが、そんなの夕子の知ったこっちゃない。身を投げ出そうとしていた勢いのまま窓に駆け寄り、煙草くさい部屋を換気するため窓を開けた。湿った土の匂いが風と共に流れ込んできて、雨の細かい飛沫が顔に纏わりついた。

「おかしいって言われた」

声の半分くらいは雨に交じって地面に落ちていったが、残りの半分は秋子の耳に届いた。

「誰に」

「佐々木多佳子さん。バレーボール部の」

「隣の国の王子様ね」

「多分もう、隣でもなくなってしまった。すごく遠くの国の王子様になっちゃったよ」

「何したの」

「手の甲にキス」

「ごめん、状況がわからない。ジャージ姿で手の甲にキス？　夕子ちゃんが？　なんのために？」


衝動が抑えられなかったから、という理由はきっといつも冷静な秋子にはわからないだろう。衝動とか、彼女には多分ない。夕子は彼女の問いには何も答えず、転がっていたセーラムのソフトケースを上下して一本咥え取り、部室に備えてあるオイルマッチで先端に火をつけた。使い古された言葉だが、煙が目にしみて涙が出た。

少女は願い祈る、冷たく硬い寝台の上か、星の見えない屋根の上か、眠りの森の奥深くで。

別に、嫌われても構わないのです。でも、私の存在をあなたの心の中で抹消しないで。

人に嫌われることや悪意を持たれることなんかもう慣れっこです。痛くも痒くもありません。でも、好きの反対は嫌いではなくて無関心だから。爪の先程度で良い、私に関心を持っていてください。それがたとえ悪意でも構わない。

クラス換えのあった四月、薄い雲に覆われた空の下、まだ開花し切らぬ桜の下で掲示板の前に佇むあなたを初めて見たときから、その夜の水面のような瞳、花の色の唇、緩く波打つ短い茶色い髪の毛、神様が丁寧に彫り出した精巧な身体、あなたの何もかもに憧れているのです。今日あなたの手に唇を触れ、震えるほど幸せでした。それが火種になってしまうなんて考えもしませんでした。ねえ、熱くて、痛くて、苦しいです。あなたを抱きたいです。

その唇にくちづけをさせて、その唇から声を聞かせて。

寝付かれず、ハルシオンの錠剤と琥珀色のカルヴァドスを飲んで横になったら案の定起きられなくて、学校に着いたのは三時間目が始まった少しあとだった。相変わらず外は雨。澱んだ空気が充満する教室の中にいても、授業なんか頭に入るはずがない。しかし教科書を出すなりその上にタオルを敷いて寝始めた生徒を、教師という立場の人間が怒らないわけもなく、夕子は新任の女の英語教師に安眠を妨害される。彼女は夕子の席までやってきて、教科書で軽く頭を叩いた。軽い刺激でも二日酔いの頭には響き、それに伴って胃の中身が逆流してきたため、夕子は慌てて席を立ち教室を走り出るとお手洗いに駆け込んだ。

新任の英語教師は驚き、小走りにあとを追う。個室まで間に合わず夕子は流し台に胃液と、多分これがいけなかったのだろうが、朝飲んだコーヒー牛乳を撒き散らした。あもう。鼻からも目からも出てくる。なんかまだお酒くさい気がするし。英語教師はオロオロしながら生徒の背中をさする。雨に濡れて冷えた背中に、ブラウス越しの英語教師の手は温かくて気持ち良く、夕子は思う存分胃液を吐き出せた。

何回も口をゆすぎ、ポケットの中に入っていた舶来の缶入り薄荷キャンディを大量にバリバリと嚙み砕き、ふと視線に気付くと英語教師が不安そうな顔をしてこちらを見ていた。

「大切な授業なのに、寝てしまって申し訳ありませんでした」

「いや、それは大丈夫だけど、保健室に行く?」

「大丈夫です。もうスッキリしましたので」

英語教師はまだ腑に落ちなそうな顔をしてこちらを見ている。

「授業に戻らなくて良いんですか?」

「大和さん、あなた妊娠してるんじゃないわよね?」

その言葉が耳に届いたとき、夕子は迷わず英語教師の顔を平手で打っていた。ぱん、と、弾けるような音が響き、一瞬ののち英語教師は顔を上げて何かを言いかけたが、夕子は構わず彼女の前髪を摑みタイル張りの壁にその頭を打ち付けた。

「二度と私にそんなことを言わないでください。眠れなくて安定剤を飲んで、副作用で吐き気が出ることだってあるんです」

本当は二日酔いだけど。

遅刻が多いだけで、ほかの面では目立たなくおとなしい生徒がこんな行動に出たことが信じられないらしく、英語教師は呆然と立ち尽くしている。夕子はばかみたいな顔をした女を一瞥し、お手洗いを走り出た。

妊娠してるんじゃないわよね？

教師の言葉が幻聴となり、何度も繰り返される。大人の頭の中に渦巻く凝り固まった思考、その汚い塊の中に一瞬でも練り込まれたことが悔しくて悔しくて悔しくて、涙が溢れてきた。教室には戻りたくない。でも部室に行ったら誰かに泣き顔を見られてしまう。雨の屋上には屋根がない。どこに行けば良いの。人気のない階段の踊り場で逡巡していると、足音が近付いてきた。教師が追ってきたのかと夕子は身構えたが、

「大和？」

聞こえた声は喜恵のものだった。ふたりのあいだには友情なんてスイートな感情はないはずなのに、喜恵は階段をあがってきて「大丈夫？」と夕子の肩を抱いた。

「私いまゲロくさいから離れたほうがいいよ」

「先に言えよ」

踊り場はしんと静かで、他の教室で教師が喋っているのか叫んでいるのか、その声だけが小さく聞こえてくる。周波数の合わないラジオのようで、聞いていると再び酔いそうだった。

「劇部の部室に行く？」

「誰にも会いたくない」

「授業中だから誰もいないでしょう」

「うちの部だもん、絶対に誰かいる」

「じゃあ文芸部来る？」

一年生のときからの付き合いだが、夕子は喜恵の属する文芸部の部室には一度も足を踏み入れていない。興味もあり、連れて行ってもらうことにした。

文芸部は部室棟の三階にある。大道具や衣裳が所狭しと置いてあるせいで、人がいられるスペースが部屋の三分の一、という演劇部の部室とは違い、文芸部の部室は壁際に整然と本棚が並び、もはやアンティークの芸術品と言っても過言ではない美しい文学全集や古典などが規則正しく本棚に収まっていた。勿論、部室でダラダラと授業をサボっているような子はいなかった。

喜恵はイームズの模造品みたいな硬い樹脂の椅子に腰掛けてヴァージニアスリムに火をつけると、目で夕子に説明を促した。

「すごく不愉快なことを言われたの。一本ちょうだい」

「ごめん、これ最後の一本」

彼女は吸いかけを夕子に手渡し、渡された夕子は深々と一服し、まだ長いそれを彼女に戻した。

「ねえ、どうして人間には男と女の二種類がいるんだろうね」

「さあ、どうしてかしらね」

さして興味なさそうに喜恵は答える。それきり何もつづけなかったので、部屋は沈黙と雨音に塗される。子孫繁栄のため、とかいう答えが返ってきたら、夕子は彼女が持っている煙草を奪って根性焼きでもしてやろうと思っていたのだが、喜恵の答えは夕子の望んだ言葉に近いものだった。


子孫繁栄のために男女の区分けがある、という説は、なぜ男女が存在するのだろうか、という質問に対する一般的な回答である。ただ夕子は、神様がなぜ一種類で子孫繁栄ができるように人を作ってくれなかったのか、それをずっと尋ねたかった。多佳子の血を舐めたことにより、その遺伝子が自分の中で育ったり、してくれれば良いのに。

あの雨の日、屋上で倒れた笙子をどうすることもできず、夕子は部室に走り、桃子の力を借りて保健室まで運んだのだった。保健室は閉まっていたが、桃子は何故か校内のほとんどすべての部屋の合鍵を持っていたため（演劇部に代々伝わっているらしい）、難なく入れた。

夕子が屋上に向かったとき、既にかなりの雨が降っていた。したがって笙子の制服は水を吸って大層重たくなっていた。そのままベッドに寝かせるわけにはいかなかった。

——私の体操着持ってくるから、待ってて。

桃子は夕子に言い残し、念のため保健室に鍵を掛けて出て行った。夕子は黄色っぽく変色した古いビニールに覆われた診察台の上に転がる笙子のリボンタイを取り、ブラウスのボタンを外した。顕《あら》わになった大人っぽい黒い下着よりも、夕子が言葉を失ったのは、彼女の身体についた痣だった。よく見るとそれは打撲などによる痣ではなく、直径七ミリ程度の斑点のような見慣れたもの。すべて煙草を押し当てた痕、火傷の痕だった。筋金入りの不良高校生として生きている桃子も身体中に痣があるが、夕子が知っている限り煙草の痕は腕にしかない。なぜ笙子の胸に、煙草の火を押し付けた痕があるのか。

がしゃん、と鍵を開ける音と共に桃子が戻ってきた。咄嗟に夕子は笙子のブラウスを掻き合わせる。桃子は体操着を投げて寄越しながら、知ってるから大丈夫だよ、と言った。

――どうして。

――一年生のとき同じクラスだったから。体育の時間は一緒に着替えたりするでしょう。わけは知らないけど、それ、お腹のほうにしかないんだよ、腕にはないの。

私は初めて見たのに。場所は違えど同じ痕を持つ桃子に軽く嫉妬しながら、夕子はアナイスアナイスの香りのする体操着を広げた。桃子に着替えを手伝ってもらい、濡れた長い髪の毛を軽く拭き、ベッドに移動させた。恐ろしく手が冷たく、てっきり熱を出しているものだと思っていた夕子は額にも手をあててみたが、そこも同じく冷たかった。

――そのうち気付くから、傍にいてあげな。

――桃子先輩は?

――これから秋子に基礎解析教えてもらうの。明日追試なの。

どっちが先輩なんだか。

桃子が出て行ったあと、夕子はベッドの脇にパイプ椅子を持ってきて、笙子の青白い瞼を見つめた。整った顔、力なく横たわった冷たい身体、まるでしおれたカサブランカのよう。お水をあげないと、甦生しない。部屋も寒い。夕子は笙子の寝ているベッドの中に制服のまま潜り込んだ。かなり体温が低く、上掛けがちっとも温まっていなかった。腕を首の下に通し、頭を固定して、冷えた唇にくちづけた。

窓の外は強風。遠い悲鳴のような風の音。秋の風は冷たく保健室の窓を鳴らす。一度は止んだはずの雨が再び音を立てて降り始めた。大粒の雫が窓ガラスを打ち、いつの間にか暗闇に沈んだ窓の外では、雨風だけが生きているように思えた。

隣国の王子様がすごく遠い国の王子様になってしまった数日後、事件がおきた。

珍しく朝遅刻もせず学校に着いたと思ったら、喜恵に風紀検査の日だと教えられ、夕子は一時間目をサボる覚悟で部室にスカートを穿き替えに行った。風紀検査なんかなければ遅刻せずに済んだのに、これでは本末転倒だ。こんな早い時間、まず誰もいないはずだと扉に鍵を差し込んだら既に鍵は開いていた。

部屋の中はいつにも増して散らかっており、色々と物が倒れていたりして、ソファの上では秋子と思われる生徒が、大道具保護用のらくだ色の毛布をかぶって丸くなっていた。顔は見えないが部屋に漂う匂いが秋子の香水だった。夕子は衣裳掛けから標準丈のスカートを外しながら、らくだ色の塊に声をかける。

「おはよう秋子ちゃん、そろそろ一時間目始まるよ」

らくだ色の塊は何も答えない。もしかして秋子ではないのか、と夕子がそっと毛布を捲ろうとしたら、見ないで、とかすかに秋子の声がした。そのとき毛布の端の部分に、血のようなものがついているのが見えた。それは生々しく、まだ明らかに乾いていなかった。

「秋子ちゃん、ごめん、毛布取るよ」

「いや！」

それでも構わず夕子は頭のほうから毛布を捲った。そして咄嗟に毛布を掛け直した。軋《きし》む膝を折り、秋子の顔と同じ位置まで顔を持ってゆき、もう一度毛布を捲る。桃子が毎日愛でているその顔は、頬が腫れあがり、裂傷に捲れた唇の隙間から覗く小さな前歯は二本、折れていた。血に濡れて髪の毛が顔に張り付いている。

予鈴が鳴った。これでしばらく誰も来ない。

「どうしたの、これ」

夕子は自分の半身のような少女に、恐る恐る尋ねた。幻痛に歯を食いしばる。

「夕子ちゃん、授業行きなよ」

「こんな怪我をしている女の子を、こんな、扉が外れるような場所に置いて授業に出るほど、私は冷たい人じゃないんですけど」

秋子は少しだけ身体を起こし、顔をこちらに向ける。改めてその顔を見れば、まだ乾いていない鼻血が口の周りを赤黒く染め、片方の目は腫れあがった瞼の下に隠れていた。唇の裂傷は上下に及び、歯茎まで不自然に腫れている。自分が怪我をしたわけでもないのに夕子の身体中に疼痛が走る。何をされたの。誰に、こんなにひどく痛め付けられたの。痛みと怒りと恐怖が夕子の手を震わせる。

「くーやぁぁしいぃぃぃー」

夕子が兇徒《きょうと》の名を尋ねるよりも前に秋子は叫び、両手で夕子の肩を爪が食い込むほど摑んで激しくしゃくりあげた。


旧校舎の化学室の薬品棚には、確かまだ薬品が置いてあったはずだ。

案の定、相変わらず杜撰な管理のおかげで旧校舎の扉は開いており、夕子は化学室の薬品棚の中にＨＣｌのラベルが貼ってある瓶を探し、念のためハンカチに包んで取り出したあと、埃だらけの部屋の隅で一時間目終了の鐘を待った。

人を殺せる鋭利な刃物は、綺麗な装飾のついた銀細工のものを持ち歩いていた。でもそれは自分の魂を守るための護符として通学鞄の底に入れているだけだから、穢れた他人の血で清白の刃身を汚したくなかった。血を浴びるのもイヤだ。浴びたところから、火傷のように溶けていってしまう気がする。とにかく、近付くのもイヤだ。

息を潜め、南側の出窓で膝を抱えて秋子を思う。涙が出る。

過呼吸の発作を起こした秋子の口に紙袋をあてがい、夕子はその身体を抱きしめた。腕の中で震える自分と同じ顔の少女は血だらけだ。あちこちが痛くて、熱くて、悔しくて、でも何もできなかった。あのときの私は声を殺して、喉の奥で静かに叫ぶことしかできなかった。

数年後、逃げ込んだ女子校で出会った同じ顔の半身は、幸せそうに笑いながら言ったのだ。

――私、桃子先輩の傍にいられるだけで嬉しいの。私を守ってくれる人は桃子先輩しかいないの。

せめて秋子には、微塵《みじん》も傷付くことなく無垢でいてほしかったのに。

一時間目終了の鐘が鳴る。夕子は瓶を持って化学室を出ると、校舎に向かって走り出した。渡り廊下の雨樋が、ザー、という音を立てている。走る夕子の髪を強い風がまきあげる。許せない、許さない、許せない。

秋子の悲鳴のような嗚咽が耳の奥で響く。

――あの人を殺して！

般若の顔をして、秋子は夕子に命じた。あるいはそれは秋子ではなかったかもしれない。汚れた窓ガラスに映った自分だったかもしれない。

心臓がオーバーワークのためにキシキシと鳴る。こんなことをしても秋子の傷は癒えない。そんなの知っている。でも、殺して、と命じられたからには抹殺しなければならなかった。それが秋子の声ではなかったとしても。

四階に上がる階段の踊り場で、殺さなければいけない人を見付けた。

「大久保！」

夕子はその男の名前を呼ぶ。そして持っていた塩酸の瓶の蓋を取り、正面から男の身体の中心を目がけ、瓶の中身をぶちまけた。液体が扇の形に舞い、雫となって落ちてゆく。きゃああ、とその場に居合わせた女生徒の悲鳴があがり、塩素のにおいが一瞬で踊り場に充満した。

「なんかすごいプールの匂いしない？　もう体育の授業、水泳始まってたっけ」

階段の上のほうからそんな声が聞こえてくる。天井に反響し、夕子は見上げた天井に入道雲の幻を見る。

小学生のとき、プールの授業が嫌いだった。

泳げない生徒を担任の男の教師は笑いものにし、クラスメイトの前で個人授業と銘打ち、夕子はプールの真中の一番深いところで、ひとりで泳がされた。

まず水の中で目を開けてみようねー。水に慣れなきゃねー。

頭を押さえつけられ、息ができずにただ夕子は汚れた水を飲んだ。

クロールの姿勢はこうだよー。

プールサイドで日の光を浴びながら、クラスメイトたちは皆見ていた。助けてよ、見てないで助けてよ、苦しいよ、死んじゃうよ。

夕子はうずくまる男に空き瓶を投げつけ、階段を駆け下りた。塩素の匂い、水飛沫《みずしぶき》、女生徒の悲鳴。きゃああああ。うるさいうるさいうるさい、私以外全員死ねばいい。どんなに悲鳴をあげてもおまえらは助けてくれなかったじゃないか。

階段を駆け下りている途中で、心臓と脳が己の機能をボイコットした。ブツ、と何かが千切れる音がしたあと、背中から羽が生えて身体が舞いあがる感覚に刹那恍惚とし、実際には夕子の身体は重力に忠実に階段を転がり落ち、踊り場の壁に激突した。

「夕子！」

笙子の声が遠くから聞こえたような気がしたが、きっと幻聴だ。


どうして秋子じゃなければならなかったのか。

この学校の生徒の喫煙割合は高く、今までは教師も見て見ぬふりをしていた。しかし今年度に入ってから見回りが強化され、英語部の生徒がひとり退学になっていた。原因は喫煙。

おまえらみたいな文化部のゴミがこの学校の品位を落としてるんだ、次に見付けたら廃部だからな。

いつだかの全校集会で、血圧の高そうなソフトボール部顧問の教師が怒鳴っていた。

そんなこと言ったら、この学校の文化部は全部なくなる。文芸部には芥川に心酔する部員がカートン買いしたゴールデンバットが山のように積んであるし、美術部の部室には静物画用と銘打った葉巻グッズに混じって、ボヘミアンなヒッピーを夢見る部員がラブアンドピースと叫びながらどこからか買い付けた乾燥大麻とハシシまで置いてある。

秋子は「わからなくなっちゃうから」といつもきちんと化学の授業には出ていた。四月の一回目以降全部授業に出ていない怠惰な友人のために、アラベスクの綺麗なノートも貸してくれた。もしこれが秋子ではなく夕子だったら、鞄の底にある護符で反撃して、おそらく相手が死んでいた。賢明な人選だったといえばそのとおりだが、桃子に知られたら同じく死ぬだろうに。

脳が機能している。夕子は生きていた。目を開けるとそこは保健室ではなく、見慣れない四角い白い部屋で、病院のにおいがした。脳波の検査をされたらしく、頭を触ったら髪の毛がベタベタしていた。

手術のために麻酔をかけられていた気配はなく、全身打撲の痛みだけが直に神経に訴えている。肛門のあたりも痛いので、きっと痛み止めの座薬を入れられたのだろう。感覚的に骨は無事だった。

壊れたぜんまい人形のように不自然な動きで夕子は上半身を起こし、病室の壁に掛かっている時計を見上げた。ちょうど学校では五時間目が終わるころだった。ずいぶん眠っていたらしい。そのとき派手な音と共にスライド式の戸が開き、スカートの長い女子高校生がどかどかと入ってきた。笙子である。まだ学校の授業は終わっていないのに。

「夕子、無事?」

珍しく息を切らした笙子は、ベッドの傍らに駆け寄って夕子を抱きしめた。嬉しいけれど、あちこち痛い。

「私は無事です。でも秋子ちゃんが」

「知ってる。あいつ、夕子がやったんだね。えらかったね」

痛いと言い出すタイミングを逸し、夕子は笙子に包帯の巻かれた頭をごしごしと撫でられた。そこも痛いんです、先輩。

「人に見られたの。多分タイの色では一年だったと思います」

「大丈夫。そっちは桃子がなんとかしてるから」

「秋子ちゃんは？」

「桃子が病院に連れてった。そろそろ学校に帰ってきてると思うよ。警察沙汰にはしないつもりだから、夕子もそのつもりでいてね。あんたは何もやってないの。ただ階段から転がり落ちただけ、いい？」

夕子は無言で頷いた。声を出すのもつらかった。

現場を目撃した人物がひとりだけいた。夕子のおぼろげな色彩の記憶どおりそれは一年生だった。彼女はあのとき大久保と至近距離におり、逃げ場もなく、スカートとその下のむき出しの脚に流れ弾を受けた。名前は七尾《ななお》晴香《はるか》、バレーボール部に所属している。

彼女の供述により、化学の教師は自分で持っていた塩酸の瓶を滑らせて落とし負傷した、という事実に置き換わっていた。

さすが桃子先輩、と他人事のように夕子は感心した。捻じ曲げられた事実を、教師は懸命に否定していたらしいが、学校としては生徒のスカートに穴を開け、脚に火傷を負わせた責任のほうを重く見た。後日、部室のスカートの在庫が一枚減っていた。

夕子のコントロールは結構良かったらしく、生徒たちの噂話によれば、教師は局部にひどい火傷を負ったという。おそらく彼が退院し、学校に復帰してきたら、桃子といかつい仲間たちによる第二弾の報復があるだろう。

七尾晴香は負傷して以来、多佳子やほかの二年生たちに会いにくる名目で、しょっちゅう夕子のいるクラスを訪れるようになった。本当はこの夏、彼女はレギュラーになれる予定だったらしいのだが、脚の火傷のせいでそのチャンスを逃した。多佳子を始めとするバレーボール部の部員たちはかいがいしく、可愛い哀れな後輩の相手をしてあげていた。だが数日ののち、晴香は何故か夕子との距離を詰めてきた。休み時間、夕子は本を読んでいるか寝てるかのどちらかなのだが、その束の間の癒しを晴香に妨害される。先輩、ねえ大和先輩、先輩ったら。それは敵意ではなくあからさまな好意、むしろ執着だった。

バレーボール部の部員たちは不思議そうな顔をしてふたりを見ていたが、そのうち晴香の、夕子に対する不自然な振舞いに気付き始める。多佳子の訝《いぶか》し気《げ》な視線を感じて、夕子は「離れてよ」と晴香の手を弾く。

「私と大和先輩は特別ですよね？　私のことそんなふうに邪険にしていいんですか？」

褐色の巻き毛の犬のような愛らしい晴香の瞳は黒く、狡猾な色に光る。頷かなければ真実をばらす、とでも言いたいのか。彼女の浅黒い肌も、顔中に散ったそばかすまで忌々しく思えてくる。

「いいんじゃないの？　私は別に気にしないから好きにすれば？」

夕子が答えれば、巻き毛の犬はしゅんと耳を垂らす。周りの視線が痛いから懐かないでよ。昼休みなんだから、あんたは屋上行ってバレーボールでもやりなさいよ。夕子は読んでいた文庫本を机の中に仕舞い、席を立った。

「あ、待って、先輩、本当に話があるの」

「なに」

不機嫌そうな夕子の声などものともせずに、晴香は夕子の耳に口を寄せ、囁いた。

「園村《そのむら》が先輩のこと疑ってます。私、いろいろ訊かれました。気を付けて」

「それ誰？」

「えー、大和先輩のクラスも担当してるはずですよ、英語の先生、若い、女の」

夕子は一秒くらいののち、思い出した。妊娠してるんじゃないわよね、のあの汚物みたいな教師か。

「ありがとう、教えてくれて。これで用は済んだわよね、じゃああなたはバレーボール部のおねえさんたちのところに戻りなさい、早く」

「待ってよ先輩」

追ってきた晴香の目の前で教室と廊下を隔つ戸を閉め、夕子は部室か屋上に向かおうとした。しかし運が悪いときはとことん悪く、夕子は教室を出て数十歩の距離で園村につかまった。

「ちょっと話があるんだけど」

「妊娠ならしていませんけど」

「その話じゃないわよ」

「授業に出ていないのは、英語の時間、私透明人間になってるんです。本当は出てるんですよ。見えてないだけです」

「いいからいらっしゃい」

園村は痛いくらいの力で夕子の手首を摑み、進路指導室へと向かった。引きずられるようにして連れて行かれる途中、お手洗いから教室に戻る多佳子とすれ違った。目が合ったので夕子は、タスケテ、と声に出さずに唇の動きだけで伝えた。届いて。

日の光がほとんど入らない年中薄暗い進路指導室の扉を閉め、鍵を掛け、園村は夕子に言い放つ。

「あなたでしょう、大久保先生に塩酸かけたの」

すごい直球だ、と夕子は半ば感心した。

「とことん失礼な方ですね、先生。この前は妊娠で、今回は傷害ですか。いい加減にしてくれませんか」

「彼があなただって言ってるのよ」

「多分その先生は私の顔も名前も知らないはずですが。授業出てないし」

「だから、二年で化学の授業にまったく出ていない子を探したんじゃないの」

「それはご苦労様です。でもどうして校長ではなく、あなたが私にそんなことを言うんですか?」

「私は彼のために騒ぎを大きくしたくないだけ。校長に知られたらあなただってただでは済まないでしょう」

「私だって私のために騒ぎを大きくしたくないんです。私が塩酸をかけたところを見たという人はいません。私ではありません」

「屁理屈こねるんじゃないわよ」

「あの男のあそこが使い物にならなくなって、真犯人突き止めちゃうほど欲求不満ですか先生」

今度は園村が夕子の頬を平手で打った。夕子は一瞬ののちその手を摑み、壁に身体を押し付け、膝で女の股を割る。スカートが捲れあがり、下から赤いガーターベルトが覗く。地味な女ほど派手な下着をつけるというのは本当だった。園村はもう片方の手で必死に抵抗したが、夕子に首を絞められ、同時に骨のような膝で脚のあいだを突かれているうちに無抵抗になり、指で触れれば下着まで濡れていた。

「ねえ先生、どうして抵抗しないの？」

柔らかな布越しに指を押し当て、夕子は問う。

「あなた自分の生徒にこんな恥ずかしいことされてるんだよ？　ねえもしかしてもっと触ってほしいの？　もっと恥ずかしいことされたいの？　ほら言いなよ、あんた今、生徒にいじられて濡らしてんだよ、教師のくせにとんでもない阿婆擦《あばず》れだね先生」

教え子の平滑な嘲罵に、園村の喉の奥からは高く、細く、ものすごくいやらしい嬌声が漏れた。

嗚呼、なんて醜いんだろう。こんな見るに堪えない汚物、消えてなくなればいいのに。女が吐息の混じった何かの声を発したと同時に、夕子は突き飛ばすようにして女から離れた。頂への途中に取り残された汚い女は壁を伝って床に座り込む。

「私は絶対に妊娠しないんです。わかってもらえました？」

早く嘔吐したくて、一秒でも早く手を洗いたくて、夕子は進路指導室を走り出た。多佳子は助けに来なかった。

事件から二週間後、七月上旬、秋子が学校に出てきた。園村はあれ以降何も言ってはこないが、顔を合わせると畏怖と期待の入り混じった表情を浮かべてこちらを見るようになった。引っ叩いた瞬間、彼女が被虐性愛者だと夕子は直感した。自ら望んで傷付けられたいとその身を差し出す、反吐《へど》が出るほど幸せな人生を歩んできた人。欠片も望んでいないのに傷付けられてきた人間に、何か期待されても困る。

秋子を傷付けた大久保も、同時期に学校に出てきた。早速金曜の放課後、三年の先輩たち、なのか桃子の「悪い仲間たち」なのかわからないが、とにかく誰かが狩りを行った。捕獲された大久保は手足を縛られ、使い物になるかどうか確かめるために下半身を剝かれ、なんかまだ使えそうだった、という理由から、先輩たちに麻縄でそこをぎゅうぎゅう縛り上げられ、部室棟の裏の用具室に、週末のあいだ放置された。月曜の朝、顔の知られていない一年生に縄を解きに行かせたら、案の定そこは壊死し、尿毒症のような状態になっていたそうだ。

――誰が何をしたのか訴えても良いけど、そうしたら自分から、生徒に暴力ふるったことと、あそこが使い物にならないってことをみんなに知られちゃいますね。

桃子の中学校の後輩だったその一年生は、手に巻かれた縄をジャックナイフで切りながら大久保に言った。あと二日三日放置しておけば死んだのに、と秋子は言って笑った。

七月はまだ梅雨だ。紫陽花は一様にしおれ、生徒たちは毎日雨の中、紫陽花の葬列のような坂道をのぼる。教室も体育館も蒸し暑い上に、七月の体育はバスケットボールだった。ボールが重くてやってられない、と夕子は思う。チーム編成を決めている最中、夕子はそっと体育館を抜け出した。インドネシアの珍しい煙草が手に入ったとかで、喜恵はとっくにいなくなっていた。

誰かとすれ違ったときのために、保健室に行くんです、という言い訳を口の中に準備しつつ渡り廊下を歩いていたら、校舎のほうから多佳子が走ってきた。珍しく遅刻をしたらしい彼女は、夕子を見とめると足を止めた。

「あれ、大和さん授業は?」

「保健室に行くんです」

「バスケットボールも嫌いなの?」

「体育は全部嫌い」

「なんで?」

「体操着が嫌いだし、髪の毛結ばなきゃいけないから」

結ぶほどの髪の長さがない多佳子は困った顔をして笑い、じゃあ私は行くね、と言って再び走り始めた。

「多佳子さん！」

呼びかけに、多佳子は振り返る。

「ありがとう、喋ってくれて。もう喋ってくれないかと思ってた」

多佳子はもう一度足を止め、数秒ののち夕子の傍に戻ってきた。

「大和さん、教えてほしいことがあるんだけど」

「化学と世界史以外だったら、なんとか」

「七尾と、何があったの」

ああ、この人はバレーボール部の人だった。予想外の質問に、夕子は押し黙る。

「大和さんは七尾と面識なかったでしょう」

「実は中学が同じで」

「七尾は私の中学の後輩だから」

初耳である。夕子は物凄く困った顔をして、頭ひとつ分以上高いところにある多佳子の顔を見つめた。事実として、夕子が階段から転がり落ちたのは本当である。その背景にある事件を断片的に晴香が知ってしまっているだけで、特に話しても問題はなかった。ただ、おそらく多佳子はそれ以上のことを察している。

「ここじゃ人が通るから、場所を変えよう」

多佳子の意外な申し出に、夕子は一瞬喜んだあと不安になった。

「体育の授業、出なくて良いの？」

「鬼のように弱い子ばっかりで、勝負にならない」

いつかの夕子の言葉を真似て多佳子は答える。旧校舎に移動し、おそらく化学室には誰かいると思われたため、用務員室として使われていたであろう暗くて狭い板の間の小部屋に入った。昔この部屋はたびたび、二代上の先輩たちが授業をサボるのに使っていた。狭くて良いのだそうだ。ガタついた引出しの中には、おそらく演劇部の誰かが吸っているであろう中南海と、オイルの少なくなったライターが入っていた。これ不味いんだよなあ、と思いつつ夕子は箱から一本取り出して火をつけ、煙を吸い込む。多佳子はぽかんとした顔でその一連の動きを見ていた。

「煙草、吸うんだ。意外」

「喜恵さんも吸ってるよ。今日はガラムのメントールが手に入ったとかで体育サボって部室にいる。煙、嫌い？」

多佳子が首を横に振ったので、夕子は構わずそのままやかんのように何度も煙を吐き出した。体育座りをして、ふたりで黴くさい部屋の壁に凭れ掛かっていると、煙草の巻き紙がジジ、と燃える音と雨の音しか聞こえてこない。

「おかしいとか、言ってごめんね」

短くなった煙草を板の間に押し付けていたら、多佳子が言葉を発した。保健室の一件のことだろう。

「おかしいのは事実だから気にしないで」

「七尾が、大和さんのことが好きだって」

「そんなの見ればわかる」

なんでそれをあなたが伝えるかなぁ、と夕子は小さな絶望を煙草くさい溜息にする。

「私にはわからないんだけど。七尾は中学生のときから大和さんのことが好きだった。去年の文化祭に来てたんだよ、大和さん、お芝居で目の見えない女の子の役やったでしょう、それを見てからこの高校に来るって言い始めて」

「何がわからないのかわからないけど、ありがとう、って伝えておいて」

「なんで七尾は女の子を好きになるの。なんで大和さんはそれを普通に受け止めるの」

……そこか。


男子を好きにならない、なれない、女しか好きになれない人間がいる、私みたいに、と今までは他人に理解してもらおうと思ったことがなかった。

男の人は怖いから。男の子供は小さくてバカだけど、いずれ大人になる。大きくなった男はバカでも利口でも大声を出す。わけのわからないことを怒鳴りながら殴る蹴るといった行為を弱き者に向ける。夕子は小学校の担任の教師から殴る蹴るの暴行を受けていた。六歳で小学校に入学し、十二歳で卒業するまでほぼずっと。教育の世界ではそれを暴力ではなく「指導」と呼んでいた。

自分は男子だ、本当は強いんだ、いつだって反撃できるんだ、と自らに何度も言い聞かせた。プールの水の中、雑巾くさい教室の隅、ベランダ、校庭の植栽の下、肌の上を何十匹もの蟻が歩く。いっそ本当に男子になれれば楽だったろうに。強くなりたい、男になりたい、もう女でいるのはイヤだ、もっと大きくなってあんな人たちは蟻みたいに踏みつぶしてやる。そう願い、目を瞑《つむ》り奥歯を噛み締めた。

そして夕子の願いはひとつだけ叶えられた。

一部だけでも話すことによって当時の体験が思い起こされて身体中が痛くなるし、特に話す必要のある内容ではないから他人には話さない。しかしこれは根本的に女の子を好きになる理由がわからない人には多分とてもよくできた言い訳になる。

「で、私は結局女の子で、ここにいるの」

大和夕子として生きていながら、束の間でも別の人間になれるところが演劇部だった。男になれなかった十八歳以下の児童が逃げ込んだ先が女子校だった。

多佳子さんがこの状況で、男を好きになりなさいなんて残酷なことを言わない人だと良いなあと思っているんだけど。

夕子がそう言って二本目の煙草に火をつけると、多佳子はうつむき、ごめん、と言った。そしてつづけた。何もわかってなくて、大和さんたちを見ると、もっと現実を見て暮らせよって思って、甘いものだけ食べてちゃ大人にはなれないんだよって思って。

「大和さんたちっていうのが、私以外に誰を指すのかわからないけど、演劇部の子たちのことを言ってるなら、私たちは充分現実を見ているし、辛《から》いものも食べてる。大人になるまで生きる気もないし。今、屋上から飛べって多佳子さんに言われたら、私すぐにでも飛んであげるよ」

「そんなこと言わないよ」

弱々しい抗議の言葉は、かすかに夕子の心の底のほうを疼《うず》かせた。

「ねえ多佳子さん、私に気持ち悪いって言ったよね」

「ごめん」

「気持ち悪いついでに、見てくれる?」

夕子は体操着の上を脱いだ。立ちあがり、下も脱いだ。下着も外した。多佳子は眉を顰め、しかし夕子の言葉どおり黙って見ており、目の前に立ったとき、はっと息を吞んだ。

「私たぶん十二歳で成長が止まってるの。身長まったく伸びないし胸は膨らまないし、どこにも毛が生えないの。生理もないの。多佳子さんが言ったとおり、おかしいんだ私」

ひとつだけ、願いは叶えられた。女でいるのはイヤだと願った夕子から、神様はおんなの性を奪った。下腹の縫い傷は未だに消えない。

「本当に、ごめん、なんて謝れば良いのか」

「謝らなくて良いよ。むしろ私に興味を持ってくれてありがとう。私、多佳子さんが好き。だから興味を持ってくれて嬉しいし、今こうして私を見てくれて嬉しいよ」

薄暗い部屋の中、眩しくもないのに多佳子は夕子から目を逸らし、手のひらで顔を覆った。


屋上から、おそらく笙子が飛ぼうとした日。彼女が纏う香水の物語を奏《そう》ずる飛行士が、地上に戻れなくなるとわかっていながら狂飆《きょうひょう》を逃れるため積雲の上へと飛ばなければならなかったのと同じく、いつまでも晴れない空に絶望したか、内なるファビアンが彼女を空へ、地へ、あるいはブエノスアイレスへ促したのか。その日。

笙子はしばらくののち体温と意識を取り戻した。あと三十分目覚めなかったら救急車を呼ぼうと思っていたときだった。やっと温まってきた布団の中で猫のように顔をこすったあと、隣に寝ていた夕子に気付く。

――屋上から飛んだら、痛いからやめましょう。死ぬときは一緒に睡眠薬を飲んで雪山の旅館にこもりましょう。きっと綺麗なまま死ねますよ。

そう言った夕子を笙子は笑い、まだ少し冷たい腕で後輩の頭を抱き寄せた。

――もう波は過ぎたから、また生きていたくなくなったら、雪山に行こうね。

――夏に死にたくなったら?

――南半球に行こう。

――パスポートありません。

――じゃあ泳いでいこう。

――泳げません。

どちらかといえば雪山着く前に死ぬね、と言い、笙子は長い髪の毛をかきあげながら身体を起こした。まだ起きないほうが良いのに、と思ったが、桃子の体操着に染みついた香水がくさくてたまらない、と吐き捨て、生乾きの制服に着替えてしまった。

――趣味悪いと思わない? あの性格でどうしてアナイスアナイスなのさ。

確かに桃子の性格に、ピンクのお花が描かれた可愛らしいボトルはまったく似合わない。

結局、どうして泣いていたのか訊けないまま、夕子は笙子と校門を出て、すっかり暗くなった紫陽花坂を下り帰路についた。なぜ屋上で泣いていたのですか、なぜ私の前で泣いてくれなかったのですか。身体中に残る煙草の痕は何なんですか。

訊きたいことはいくつもあったが、話したくなるまで待ってみよう、と夕子はその言葉たちをすべて心の中で殺した。きっとずっと訊けないまま、忘れるような気もする。

翌日、桃子に返却された体操着には、勿論たっぷり夜間飛行の香りがついており、受け取った桃子は「あんた本当に趣味悪い」と笙子に悪態をついた。

多佳子と一緒に体育をサボって秘密の一時間を過ごした翌々日の放課後、夕子はお手洗いから出てきたところを拉致された。園村に。部室に行こうと、その前に用を足そうとお手洗いに入ったところから待ち伏せされていたらしい。

あなたに化学の問題をリークしても良いけど。

蛍光灯の切れかけている進路指導室で園村は言った。不規則に点滅する部屋の中、彼女の望む返礼が透けて見えるため、夕子は「そういうの、いりません」と答えた。

授業に出てもいない、学習塾にも通っていない、そんなあなたがまともな点数を取れるわけがないでしょ。

別に、平気です。

成績表の操作なんか簡単にできるのよ。

興味ありません、進学も就職もしませんから。放っておいてくれませんか。

どうしてよ、私はあなたが何をしたか黙っててあげたじゃないの。

私は別に何もしていませんから。

あなたの英語の欠席だって、出席にしてあげてるのに、どうしてよ。ねえお願いだから本当のことを教えて。あの日何があったの。あなたは大久保先生と何があったの。

苦い媚《こび》を含んだ表情で生徒に訴える若い大人の女に向かって、何もないです、と繰り返すのも面倒くさかったので、夕子は黙っていた。

以前桃子が得意そうに語っていた嘘がある。人の声はカセットテープやタイプライターのインクリボンと同じで、使うとなくなっていってしまう。明らかに嘘で、桃子が無邪気に騙されていただけなのだが、夕子はそれは真実なのではないかと思う。必要ない声は出さない。話したい人としか話さない。きっと私の声のテープはとても短いから。

いつも寝不足による頭痛に悩まされる期末テストの真っ最中。それにしてもすごいデジャヴだ。

数時間前、昼休みの教室にやってきた晴香に夕子は同じく拉致され、これまたレアな講堂の放送室という場所で、どうやら放送委員らしいのだが、そこで、佐々木先輩と何があったんですか、と詰め寄られた。多佳子には晴香と何があったのかと訊かれ、晴香には多佳子と何があったのかと訊かれる。何かと似ているふたりだ。

——今まで、佐々木先輩に色々聞いてたんです、大和先輩のこと。今日はどんなことしてたとか。だいたい本読んでたとか、いなかったとかそんな感じでしたけど。

――そうみたいね。

――でも昨日からぜんぜん話してくれなくなって。

――ああ、そう。

――なんで？　私に話せないようなことしたんですか？

話せない、というか、あまり話したくないようなことはした。夕子が黙っていると、晴香の目には敵意と涙が浮かんだ。

――ひどい、大和先輩、私がどう思ってるか知ってるくせに、よりによって佐々木先輩とだなんて。

――誤解はやめて、多佳子さんに迷惑がかかるから。

――どうして私じゃないんですか？

どうしてよ、どうしてよ。

園村の追及に、晴香と戦わせたらどちらが勝つだろう、と思った。負けた人は奴隷になる。もう奴隷になるのは嫌。私を奴隷にして良いのは、笙子先輩だけ。

テストでただでさえ疲れるというのに。ようやく園村から解放され、というよりも園村の追及を振り切ってぐったりした気分で部室への道のりを歩いていると、うしろから喜恵に声をかけられた。

「ねえ、園村となんかあったの？」

「ブルータス、お前もか」

　ぐったりというよりも、うんざりした。

「あれってさぁ、シーザーじゃなくてカエサルって言ったほうが良いよね。シーザーだと沖縄の置物みたいだよね」

「シーサーは置物じゃなくて守り神だよ、喜恵さん」

「それを私が知らないとでもお思いか、大和」

　いつの間にか梅雨は明けており、雨傘ではなく日傘が欠かせない季節になっていた。テスト期間中、部活は休止する規則である。夕子は喜恵と一緒に文芸部の部室に行くことにした。がらんとした廊下、扉を開けると誰が持ち込んだのか、埃にまみれた古い扇風機があった。弱と強のふたつしかないスイッチの強を押すと、どこかの何かが明らかに正常ではない騒音を立て、青いスケルトンの羽が回り始めた。爆発するかもしれないな、と思いながら夕子は扇風機の前を陣取り、口をあけて明日の試験教科である国語と代数幾何の教科書を机に放り出した。

「わーれーわーれーはーうちゅうじんだー、ねえ明日の現国、小林秀雄って範囲だっけ？」

「うわー。試験範囲も把握していない人がいる。小林秀雄は点数操作どうにでもなるからフィーリングで答えれば平気」

「なんで？」

「教師もあの論文の意味はわかってないから。自分の考えが正しいってことを理論立てて説明すればマルにしてもらえるよ」

「理論立てるのが面倒くさいから良いや。捨てよう」

面倒くさいことがないから、喜恵と一緒にいるととても楽だ。国語を喜恵に教えてもらい、実は数学が得意な夕子が喜恵に代数幾何を教え、日が落ち始めるのを窓から見たふたりは校舎の屋上に向かった。さすがに試験中なので、遊んでいたり、隠れて煙草を吸っていたりする生徒は皆無だったが、点在するベンチで顔を寄せ合って教科書を覗き込む生徒たちは数人いた。棚雲の漂う無限の空間は桔梗色に染まり、紙を切り裂いたような、鎌の形をした白い月が浮かぶ。

「あさって終われば、夏休みだね」

喜恵はペンキの剝げたライオンの檻みたいな手すりに凭れ掛かり、空を振り仰ぎ言った。

「いつまでこんな日々がつづくんだろうか」

夕子も真似して空を仰ぎ、問う。

「試験のこと？　人生のこと？」

「両方」

我慢できなくなったらしく、喜恵はスカートのポケットの中から煙草とライターを取り出した。

「文芸部は夏休みの活動あるの？」

「うん。学校の課題の読書感想文のほかに、出版社が主催してる評論の公募に一作以上必ず出すこと。演劇部は？」

「文化祭のお芝居の練習。これまた長いんだ。文化祭で評判が良ければ、来年頭のコンクールにも出る予定みたい」

「何やるの？」

「『糸地獄』っていう、岸田理生の」

「雲仙のお糸地獄と何か関係あるのかね」

「ぜんぜん関係ない。本当に雑学王だよね、喜恵さん」

少し強い日暮れの風が、喜恵の指先から夕闇の空へ、花火のような朱の灰を散らす。

文化祭はなぜか夏休みを終えたすぐあとにある。長いようで短い夏休みのあいだ、バレーボール部がいつ体育館を使うか、などはリサーチ済みで、夕子は容赦なく汗だくになる体育館練習が去年よりも楽しみだった。

いつまでこんな日々がつづくんだろうか。

喜恵が投げやりに放った言葉が、たそがれの、紺桔梗色した絹糸のように、腕にも、足にも、耳にも絡み付いていた。時間で言えば、試験はあと二日。校舎への道のりである紫陽花坂をのぼらなければいけないのは、あと一年半。考えると気が遠くなりそうな人生については、終わりにしようと思えばいつでも終わりにできる。この世に存在するすべてのものには時間軸があり、確実に未来という方角に向かって進んでいて、一歩たりとも戻れない。その時間軸に何が付随しているのか、何が見えるのか、該当する地点に立ってみなければ、どうやってもわからない。見たくなければ、知りたくなければ、終わらせれば良い。目を閉じろ、耳をふさげ、その卑しい魂を手放せ。

かつて笙子に首を絞められた夕子は、死ぬなら雪山の旅館で、と提案した。多佳子には、私はあなたのためならいつでも屋上から飛べる、と言った。ねえ、私が屋上から飛んだら、あなたは私を受け止めてくれますか。未来に向かう時間軸の上に立っている意味もわからない私に、その意味を教えてくれますか。

いつまでこんな日々がつづくんだろうか。

いつまでこんな人生がつづくんだろうか。

秋子のノートのおかげで、園村に頼らなくとも夕子は化学の追試を受けなくて済みそうである。ただ、秋子にそれを言うのは憚られたため、何のお礼もできないまま、暦は夏休みに入った。

紫陽花坂の麓のバス停に降車した瞬間から、蟬の鳴く声と暑さによる耳鳴りが始まる。リボンタイは勿論外し、ブラウスは、だらしないけれどスカートの外に出す。そうしないと坂の途中で暑さに倒れることは確実だった。

陸上部の子たちが意味不明の声をあげながら坂を駆けてゆく。夕子はランニング姿の生徒たちが十本以上走っているのを横目に見つつ、ようやく坂をのぼりきった。日傘を閉じ、昇降口に入ると、外に比べれば若干だが涼しい風が頰を撫でた。

部員全員が揃って低血圧である演劇部の活動が始まるまで、だいぶ時間があった。上履きに履き替え、夕子は体育館へ向かう。

照明器具の置いてある二階通路にあがり、眼下で白いボールを追って走り回っている部員たちを眺めた。まだ昼になったばかりだが、既に何時間も練習しているらしく、壁際には何本もジュースの空き缶が転がっている。あまり間近に行って眺めるのも怪しまれる。夕子は隅っこのほうに膝を抱えて座り込み、漫然と白いボールの行き来を目で追っていた。

多佳子が、ボールを両手で受ける。

多佳子が、ボールを両手で高く打ち上げる。

多佳子が、ボールをネット越しの床に叩き付ける。

多佳子が、ボールを取り損ねて床に転がる。

すべての指に巻かれた白いテープは、手の関節を保護しているのだと思うが、なんだか痛々しくて切なくなった。

そんなふうに痣だらけになって、何のためにボールを追いかけるのですか。きっと彼女たちからすれば、夕子たちが何のために演じるのかわからないと思うが、少なくとも演劇はバレーボールより痛くない。時々痛いけど。

あらゆる痛みは、舞台を降りたときのほうが強いけど。

「……大和さん」

いつの間にかボールを床に叩き付ける音と、三年生が後輩に向かって怒鳴る声は止んでいた。階下から聞こえるものは生徒たちの笑い声と喋り声だけになっている中、名前を呼ばれて初めて夕子は自分が寝ていたことに気付いた。

「多佳子さん」

「大丈夫？　気分でも悪いの？」

二階通路の隅っこのほうでうずくまっている夕子を見付け、わざわざ上がってきてくれたらしい。覗き込む顔に張り付く短い髪の毛が入浴直後みたいだ。

「ううん、大丈夫。これから演劇部の練習なの」

「来るの早くない？」

「多佳子さんを見にきた」

「やめてよ、下手なのに恥ずかしい」

「下手なのか上手なのか、私にはこれっぽっちもわからないから大丈夫だよ」

我ながらなんとありがたくない見物人だろうか。夕子は眩暈《めまい》を起こしながら立ちあがった。そして多佳子への差し入れ用に持ってきたスポーツ飲料の缶を鞄から出して手渡した。もう既にぬるくなってしまっていたが、無いよりはマシだろう。

「ありがとう、助かる」

「午後も頑張ってね」

「演劇部って練習何時からなの？」

「三時」

「は？」

実はあと二時間もある。部員が揃って全員低血圧だからといって、これは夏休みの練習としては遅すぎる。文芸部にはおそらく暇を持て余し、『伊豆の踊り子』か何かを読んで伊豆の海かどこかに思いを馳せている喜恵が来ていると思うので、バレーボール部の練習が終わってしまったら、そこで扇風機にあたらせてもらおうと思っていた。しかし、こうやって声もかけてくれたことだし。

「多佳子さん、一緒にご飯食べよう」

夕子の提案に一瞬多佳子は怯《ひる》んだが、申し出を受けた。晴香に見付からないようそっと二階から下り、体育館を抜け出す。部員の人たちと一緒に食べなくて良いのかと尋ねると、他の子たちも疲れていて、それどころではないのだそうだ。確かに体育館の床の上はジャージを着た屍だらけだった。

屋上に出てしまうとおそらく干物になるので、屋上に出る扉の内側に凭れ掛かって、夕子と多佳子は昼食を摂った。その扉の、ひんやりした金属の冷たさで束の間の涼を取る。

「汗くさくてごめんね」

多佳子はそう言って、夕子から距離を置こうとした。

「自分の香水で鼻が麻痺してるからぜんぜんわからない」

夕子は答え、自分の手首の内側を多佳子の鼻先に押し付けた。

「良い匂い。なにこれ」

「ゲランのシャリマー。笙子先輩がくれたの」

クラシカルな香りだけを愛する笙子は、新しく出た話題の香り的なものを絶対につけない。そして、夕子にもくれない。いつもゲランとグレばかり。夕子は鞄の中から小さなアトマイザーを取り出し、多佳子に手渡した。

「香りの効果って大きいんだよ」

「なにが？」

「たとえば今、多佳子さんは私の手首の匂いをかぎました。今渡したアトマイザーには、それと同じ香水が入っています。その匂いは私の匂いとして多佳子さんの頭にインプットされたので、次から同じ匂いをかぐときは、絶対に私を思い出します」

「うそー」

「うそじゃないんだよー。だからこの瓶あげる。寝る前にでもつけてみて、それで私の夢を見て」

きっと身につける香りは制汗スプレーのものだけだろう。夕子は多佳子がアトマイザーを巾着袋に入れるのを見ながら、味のしないサンドイッチを黙々と食した。隣で多佳子は大きなおにぎりを二口くらいで食べ終わると、先刻夕子が渡したスポーツドリンクを喉を鳴らして飲み干した。そして、ずるずると床に崩れ落ちた。

「あついー」

絞り出すような声に、夕子は鞄から白檀《びゃくだん》の香りの染みついた扇子を取り出し、多佳子の顔の上で仰いだ。多佳子は気持ちよさそうに目を閉じる。サウナみたいな体育館で休む間もなく走り回っていれば、誰だって疲れるだろう。ほうっておいたら蝉の鳴き声と一緒に、今にも床へ溶けてしまいそうだった。

「良い匂いがする……」

「これは、お香の匂い。京都のお土産なの」

「大和さんは、どうして不良にならなかったの？」

閉じていた目を開け、多佳子は夕子の顔を見て唐突に尋ねた。

「どうして？」

「過去に何か不幸なことがある子って、だいたい不良になるでしょう。それか、他人を巻き込んで不幸自慢をするでしょう」

眩しいほど健全でまっすぐなその考えに、夕子はかすかに笑った。

「多佳子さんて、不良とあんまり仲良くしてないでしょう。実際は別にそんなステレオタイプな不良ばかりじゃないよ。私は喧嘩嫌いだから。不幸話もされるのが嫌いだから、自分からしないだけ」

桃子は父親がいないというだけで、特に不幸でもなく、輝かしい不良の道を歩んでいる。最近では、桃子の名前を出すだけで街の不良に絡まれなくて済むという噂もある。もっとも、夕子は街に出ないため絡まれたりはしないが。

「多佳子さんはどうしてこの学校に入ったの？」

「バレーボールが強かったから」

「それだけ？」

「あと、女の子しかいなかったから」

低く掠れた声が蒸し暑い空気の中に散って消える。夕子は手を止め扇子を畳むと、多佳子の濡れた髪に手を触れた。「普通の女の子として生きていたい佐々木多佳子さん」が愛しくてたまらなかった。

どこからか、打ち上げ花火の音が聞こえてくる。夕子と笙子は校門のあたりで一度立ち止まり、その音の出所を確かめようと空を見回した。西のほうの空が赤くなったり黄色くなったりしていた。そんなはずはないのに、遠くの煙に噎《む》せたかのように笙子が激しく咳込んだ。

声が嗄れた、喉飴ちょうだい。
浅田飴の赤缶なら。
それで良いや。
立ち稽古だけで四時間て、ありえませんね。
通しは一回しかできなかったけどね。
前回の野田秀樹も長かったけど、今回のも長いですね。
岸田理生ね、にっかつロマンポルノの脚本も書いてたんだよ。
うそ、知らなかった、なんかヤダなあ。
「大和さん」

笙子と手をつないで夕子が校門を出ようとしていたところ、背後から声をかけられた。振り向けばそこには仁王立ちの園村の姿があった。

誰コレ。

二年と一年持ってる英語の教師ですよ。

あ、そう、ワッツゴーイングオン？

やだ、その挨拶はくだけすぎですよ、笙子先輩。

「あなた、私に何の恨みがあるの」

「またいいがかりですか。私、恨みを抱くほどあなたに興味ないんですけど」

「大久保先生が死にそうなの、人の人生をなんだと思ってるの？」

「それ、私に何か関係あります？」

大久保って誰。

ほら、化学の、塩酸の瓶落としてバレー部の一年のスカート破いて火傷させた。

え、死んだの、なんで？

「とぼけないでよ、大和さんがやったんでしょう、知ってるんだから。それからあの人おかしくなったんだから」

「人権て言葉、ご存じですか園村先生。証拠もないのによく断言できますよね。訴えますよ？」

呆れた声で夕子が言っても、園村は食い下がる。

「あなたたちが、彼のことをよく思っていなかったのはわかってる。出席を調べさせてもらったら、同じ部の女の子たちほとんど彼の授業に出ていなかったものね。でも、彼があなたたちに何をしたって言うの？　こんなに追い詰められるほどのことをしたの？私刑にしては度が過ぎてるわ」

「したんじゃないですか？　ご自分でお訊きになったらいかがです？　まだ生きてるんでしょ？」

地響きの一瞬のちに空が光る。花火は意外と近くであがっているらしい。目の前にいる大学を卒業したばかりの若い女は、悔しそうな表情で目に涙を溜めた。夕子は右手を伸ばし、その顔を摑んだ。

「先生は私に何をしてほしいの？　なんの疑問もなく男に股を開けるあなたに私が何をできるの？　あの男を好きなんですよね、お付き合いなさってたんですよね。なら私の友達があの男にされたことと同じことをしてあげましょうか。ああ、でもそれは先生にとってはご褒美になっちゃうのか、あんたマゾだもんね」

「夕子、喋りすぎ」

笙子が棘のある声で夕子の言葉を遮り、夕子は口を閉じる。

多佳子とふたりで灼熱の昼食を摂ったあのとき、屋上に通ずる扉に凭れ掛かり、なぜ演劇部に入っているのかと訊かれた。

幸せでいられるから、と夕子は答えた。

誰だって、幸せになりたいと願っているはずだ。正気を保つために薬を手放せない子がいて、手の甲に万年筆の先を突き刺すことを止められない子がいて、火のついた煙草を自分の肌に押し当てることを止められない子がいて、それと同じように夕子は、他人になる必要があった。脚本に書いてある文字だけの世界。その文字しか言葉にすることが許されていない世界の中で、自分が自分であるという苦痛から逃れて、逃れた場所で正気でいるために。賽《さい》の磧《かわら》のような絶望から、いつか解放される日を渇望しながら。

園村は夕子の手を振り払った。彼女が走って校舎に戻る先には、晴香が立っていた。横を通り過ぎる園村には一瞥もせず、夕子を見つめる浅黒いその顔は薄く笑っているように見えた。

ほどけていた笙子の手をつなぎ直し、夕子は街灯の点滅する紫陽花坂を下った。


夢は、見ません。寝ているときも、起きているときも。

白昼夢のような暑さの中で、夕子は次の日も多佳子と屋上の扉の前で一緒に昼食を摂った。演劇部の練習が始まるまで、やはりあと一時間半以上ある。ぐったりと床に崩れ落ちている多佳子の頬を白檀の香りの風で撫でてやりながら、夕子はそっと彼女の手に触れる。当然ながら、体育の時間につけた甲の傷は消えていた。あの時のように、多佳子は手を振り払ったりしなかった。硬い指先がかすかに動き、躊躇《ためら》いつつも夕子の手を握り返す。

「大和さん」

「なに？」

「お願いがあるんだけど」

今、屋上から飛べって多佳子さんに言われたら、私すぐにでも飛んであげるよ。

いつか言ったその言葉が頭の中に蘇る。飛ぶには良い日だ。空は痛いほど青く、地面には揺れる水面のような陽炎《かげろう》が立ちのぼる。けれど多佳子の願いは違った。

「もう一度、身体を見せて」

意外な要求に夕子は一瞬、何も答えられなかった。下腹の縫い傷、変形した肋骨、皮膚に残ったたくさんの小さな傷。可哀想にねえ、痛かったねえ、夕子は強い子だねえ、ああ、こんなに泣いて、可哀想に。

「……不憫に思うつもりだったらイヤだ」

「違う、綺麗だったから」

多佳子は夕子を見上げ、躊躇いなく言った。

綺麗、は、好き、と、同じかな。皮一枚剝げば汚い血と卑しい心臓に生かされているこの身体でも、綺麗なのかな。

「ありがとう」

夕子はボタンを外し、ブラウスを脱いだ。立ちあがり、スカートを脱ぎ、下着を脱ぎ、上履きと靴下を脱いだ。多佳子は瞬きもせず、夕子の身体から床へ落ちてゆく汗に湿った服を見つめていた。

初めて笙子が自ら裸を見せてくれたとき、薄闇の中、胸の全面に点在する煙草の痕を、まるで空一面に広がる花火のようだと思った。全部で十七個。きっと誕生日を迎えたのち十八個に増えるのだろう。どんな思いでその痕を付けたのか、そしてこの先、どんな思いでその痕を増やすのか。夕子はひとつひとつにくちづけ、私があなたの希望になりますから、どうか私に黙って死のうとはしないでください、と請うた。存在の愛しさに泣いた。薄暗い化学室の冷たい教壇の上で、くちづけを繰り返し、笙子の細い指が夕子を裂き、夕子は声をあげた。夕子の身体は綺麗だね。笙子は後輩の薄い胸に頬を寄せ、何度も言ってくれた。

綺麗だね、という笙子の声を脳の隅に思い出しながら、夕子は背を屈《かが》め、多佳子の両腕を摑んだ。頭上でそれを押さえつけると、目に見えてわかるほど彼女の身体は硬直した。

「多佳子さん」

「なに」

「お願いがあるんだけど」

多佳子が何か答えるよりも前に、夕子はその乾いた唇に自分の唇を重ねた。抗われなかった。軽く、何度も接触を繰り返し、互いの唾液で多佳子の唇が濡れてきたころ、夕子は顔を離し言った。

「抱かせて？」

「え？」

多佳子は固く閉じていた目を開け、夕子を見た。

「……どうして」

「抱いてじゃなくて抱かせてかって？　私は多佳子さんが好きだから。あなたを性器のない少年の偶像として崇めているのではなく、綺麗なあなたの存在そのものがとても好きだから」

多佳子はむずがゆそうに顔を背けた。

「私はちっとも綺麗なんかじゃないよ」

「綺麗だよ、すごく」

夕子はそう言って、半ば無理やり多佳子の練習着を押し上げ、飾り気のない下着の金具を外した。着衣の状態からは存在を想像もできなかった白くて柔らかな肉の塊が、重力に抗えず横に流れ落ちる。あえかな青い血管が水脈のように肌の下を這っていた。

「すごく綺麗」

もう一度言うと、夕子はその先端にくちづけた。は、と甘い吐息を漏らし、多佳子は息を詰まらせる。まだ誰にも触れられたことのないであろうまっさらな身体は夕子の下で硬直し、痙攣し、他者の接触を拒否しようとする。ふたたび長いくちづけをし、強引に脚を割り、その付け根に片膝を押し付けると多佳子は、痛い、と小さく呻《うめ》いた。構わず夕子は膝で刺激を与えつづける。唇に、頬に、耳朶に、くちづけを繰り返し、指で乳首を撫で抓む。眉間に刻まれた皺と苦しげな声がやがて痛みによるものから甘い快楽によるものに変わるまで、間断なく慈しむ。

「まだ、痛い？」

尋ねながら夕子は多佳子の練習着の下と下着をいちどきに脱がせた。さして抵抗もせずされるがままになっていた多佳子は、我に返ったように慌てて両手でそこを隠した。

「痛くはないけど、恥ずかしい」

乱れた息を整えながら多佳子は身体ごと横に向こうとする。夕子はそれを阻止し、下方に身体をずらし、手をどかした。髪と同じ色をした脆弱な荊《いばら》の森は、奥に眠る姫を守る。夕子は痛くしないようそっとかき分け、舌を這わす。

「んんっ」

白昼夢のような熱さの中、硬い床の上で多佳子は背を仰け反らせ、唇を嚙んだ。

「声、聞かせてよ。誰にも聞こえないから」

温かな溢水を啜りながら、このまますべてを飲み込めれば良いのに、と思う。もっと、漏らして。もっと私に多佳子さんをちょうだい。夕子はいったん顔をあげ、汗に湿った指を多佳子の根源に触れた。

「や、痛い」

「我慢して、最初だけだから」

硬くて狭い洞の中へ、ひといきに指を潜らせる。多佳子は口を自らの手のひらで押さえ、漏れ出そうになる悲鳴を己の身体に閉じ込めた。指を内側に曲げると、ざらざらとした内壁に触れる。未知の痛みがもたらす苦し気な荒い呼気が甘い嬌声に変わるまで、夕子は多佳子の身体を指と舌尖で開きつづけた。滴る蜜は夕子の指の付け根まで濡らし、嚙み締めて赤く潤んだ唇からは弾けるような声が漏れる。

「ん、あ、ああぁぁ」

やがて多佳子は自分の上腕を嚙み締め、それでも我慢できずに高く甘い声をあげた。夕子の指を締め付け、腰を浮かして全身を痙攣させる。短い爪が夕子の肩に深く食い込み、滑り、何本もの赤い線を描いた。

多佳子の海から顔をあげたら、開いていないはずの重い扉の向こうに空が見えた。遠くて、高くて、果てのない深い青の。夕子は多佳子の手を取り、指を強く絡ませる。

ねえ、その白い羽で空を飛ぶことはできましたか。

その人魚の鱗で海を渡ることはできましたか。

その灼熱の砂漠の果てにある、頑《かたく》なに閉ざしていた扉を開くことはできましたか。

もう一度、くちづける。


炎陽の日々は駆けるように過ぎ、夕子は多佳子と過ごす時間を一欠片も失うまいと手のひらに掬《すく》い、胸に押し抱き記憶に刻む。

校舎一階の教室。夕子は廊下側の壁に凭れ掛かって他の部員たちの演技を眺めていた。傍らで秋子がしきりに夕子の横顔を確認し、眉間に皺を寄せている。秋子の顔からは、あのときの傷はほとんど癒えていた。眼球の白いところに小さな血の塊が残ってしまっているが、いずれ消えるだろう。

練習の合間、自分の出番のないときに、秋子が夕子に尋ねた。

「夕子ちゃん、なんか変。何かあったの」

傍目にはバレバレである。

「四ヶ月の片思いを遂げたの」

「うそ、だれだれ？」

どうせ秋子にはかつての失態を知られている。夕子は逡巡もせず答えた。

「バレー部の佐々木多佳子さん」

「えー、あの王子様？　夕子ちゃん本気だったんだ、意外とミーハーだね」

「あんな綺麗な子めったにいないよ。なんと罵られようと気にしないもんね」

血圧や体温が高そうな行為を嫌悪する集団の中、夕子の行為が倫ならざりと罵る人はいない。事実、夕子は笙子にも、真っ先に喋った。


私は自分をうしろめたいとは思っていないので、笙子先輩にお話ししますね。同じクラスの、バレー部の佐々木多佳子さんと仲良くなりました。あの人は外見もすばらしく綺麗ですが、あの容姿によって他の女の子たちからはずっと異性に対する欲望と同じ種類の感情を押し付けられていて、多佳子さんはそれに応えるべく、なるべく女の子としてではなく、少年として行動していました。女の子として生きていくために女子高に入ったのに、髪の毛にリボンを結ぶこともできず、それ以前に髪の毛を伸ばすこともできず、色の付いたリップクリームを塗ることも許されず、誰にでも好かれるために、学校の中では少年として生きるしかなかったのです。私は彼女がこっそり少女漫画を読んでいるのを知っていますし、使う機会などないであろう化粧品を入れた巾着袋、レースの付いた可愛いのを持ち歩いているのを知っています。私は彼女に憧れていました。憧れではなく、好きでした。女の子として愛されることに飢えていた彼女を救いたいと思いました。私が彼女を救えるなんておこがましいことは考えていなかったけど、彼女が女の子でいられる一助になればと、佐々木さんと仲良くなりました。


どうだった？　抱いたんでしょ？

笙子は煙草の煙の向こうで緩く笑いながら尋ねた。

とても綺麗でした。でも蚯蚓腫れが汗に沁みてとても痛いです。

良いことをしたね。

そうでしょうか。

と、首を傾げつつも夕子はわかっていた。人の魂を救う行為は引き換えに己の魂も救う。相手が喜べば自分も嬉しい。笙子はそんな夕子の心の底を見透かしたかのように、短くなった煙草を床に落とすと腕を伸ばし、煙草くさい指先で夕子の頬を撫でた。

　私は夕子がいるだけで良いの。私が初めて夕子を抱いたとき、私があなたの希望になりますって言ってくれたね。希望なんて、なかった。あったとしても自分の中にしかないものだと思ってた。嬉しかった。多分さっきの言葉には一つだけ間違いがある。彼女を救いたいと思ったんじゃない。夕子は自分を救ってほしかったんだよね。私と同じで、夕子はそのナントカさん、佐々木さん。

佐々木さんを希望にしたかったんだと思う。それをどうして私が咎《とが》められるの。誤ってもいないし、うしろめたくなんかない。夕子がそれで楽になるなら。

笙子先輩ならそう言ってくれると思っていました。


「私たちもきっと同じだろうけど」

秋子は崩れてきた髪の毛を結い直しながら呟いた。汗で髪の毛の張り付いたうなじから、うっすらとエデンの香りが漂う。見るからに生命力の薄そうな秋子の容貌に、能動的なその香りはあまり似合っていないと夕子は思う。

「でも私は桃子先輩がいれば大丈夫だから。他に好きな人できないし」

「私は秋子ちゃんも好きなんだけどなあ」

「ほとんど私と同じ顔して、よくそんなこと言えるよね、筋金入りのナルシストだね、夕子ちゃん」

「双子だったら良かったのに」

「こんな妹いらない」

「ひどい、誕生日で言えば、私のほうがお姉さんだもん」

「そこうるさい、練習中は喋るなっ」

部長兼監督兼顧問代理で学年首席の美彩が、最初はひそひそ話だったはずなのにいつの間にか普通の音量で喋っていた後輩たちに向かって、短くなった赤鉛筆を投げつけた。暑さで相当気が立っている。むしろ立っている気が目に見える。

「危なーい。目に刺さったらどうするんですか」

「眼圧で押し戻せ。もう無理だ、暑くて溶けそうだから十五分くらい休憩しよう」

休憩ばっかりしているから、稽古はぜんぜん進まない。今日は体育館の舞台を吹奏楽部が使っているため、演劇部は風通しの悪い空いた教室での立ち稽古だった。一年生の部員たちがぞろぞろと飲み物を買いにゆき、人口密度の低くなった教室の中、夕子と秋子は埃まみれの床に寝転がって少しでも涼もうとした。結果、埃まみれになっただけだった。

「そういえばこのあいだ、多佳子さんにおもしろいこと言われたよ」

「なに？　あんまり面白くなさそうだけどね、あの人」

可愛い顔をしてひどいことを言う。

「あのね、なんで私が不良にならなかったのかって。過去が不幸な人って、普通は不良になるんじゃないのって」

「じゃあ私も夕子ちゃんも不良にならなきゃだめだね」

「喧嘩したら一秒で倒される不良なんて不良とは呼ばない。桃子先輩に喧嘩の仕方とか教えてもらってないの？」

「技はいくつか覚えたよ」

そう言って秋子は起きあがり、その身体からは想像もできない力で素早く夕子の腕を自身の腕に引っ掛け、身体をうつぶせに転がすと背中側に捻じりあげた。

「あいたたた、ロープロープ」

「夕子ちゃん、しばらく絶対にひとりで帰っちゃだめだよ」

技をかけた手を解かず、秋子は夕子の耳元で言った。

「なんで」

「今日学校に来るとき、夕子ちゃんに間違えられて、バスのステップから突き落とされそうになった。手すりに摑まってたから落ちなかったけど」

多佳子と一緒にいた時間帯だ。

「なんで私と間違えられたってわかるの？」

「だって突き落とした人、私の知らない人だったもん。間違えられたとしか思えない」

「なぜそれを小声で言うのかな？」

「桃子先輩にばれたら、夕子ちゃんがぼこられるから」

「愛されてますこと」

「おかげさまで」

腕に加えられていた力が緩む、と同時に秋子は夕子の身体を仰向けに転がし、再度腕を摑むと胸の上に片足を落とした。その状態で夕子は戻ってきた汗だくの一年生からコーヒー牛乳のパックを受け取り、百円玉を渡した。至難の業《わざ》だった。

『糸地獄』にはのっぺらぼうが出てくる。

のっぺらぼうは全部で四人。部員が足りないがゆえにひとり二役も三役もやる中、夕子も含めた二年生は全員のっぺらぼうを演じる。目の部分にだけ穴のあいた白いプラスチックの面をかぶるため、声がくぐもり、監督も兼ねている美彩は何度も「台詞聞こえない！」と怒鳴った。

のっぺらぼうの白い面をかぶり、夕子は笙子と一緒に学校を出た。彼方の空は黒煙のような雲に覆われ、断続的に雷鳴が聞こえてきていた。おそらくもう少ししたら、ひと雨来るだろう。

桃子がふざけて動物っぽい鼻とヒゲを描いてしまったため、夕子の被る白い面は間抜けな狐の面みたいになっていた。笙子は校門のところで夕子の手を離し、じゃあ先に行く、と坂を下っていった。ひとりでいれば、秋子を突き落とそうとした人物は現れるはずだ。

夕子は段差に腰を下ろし、こんな目立つところで煙草を吸うわけにもゆかず、群がってくる蚊を手のひらで叩き潰しつづけた。部活を終え、下校する生徒たちが、白い面をつけて座り込んでいる夕子の姿を見て、ギョッとして足早に去ってゆく。脛《すね》と腕と手のひらが蚊の残骸でいっぱいになってきたころ、誰を待ってるんですか、と頭上から声が降ってきた。顔をあげると、声をかけてきた人物も例に漏れずギョッとした顔で一歩あとずさった。夕子は立ちあがり、声の主に問うた。

「ねえ、晴香、私の何が好きなの？」

足が痒い。

「小さいころに憧れていたお姫様みたいだったから」

潰した蚊の残骸を早く拭いたい。

「それから？」

埃まみれになった髪の毛も洗いたい。

「人を好きになるのに、理由がいるんですか」

「あのね、私今度のお芝居、このお面をつけて、のっぺらぼうの役をやるの。去年の文化祭で私がのっぺらぼうだったら、晴香は私のことを好きになってた？　のっぺらぼうは全部で四人出てくるの。だいたい全員同じタイミングに出てくるの。それでも晴香に私が見分けられる？」

「わかりません。でも多分できると思います」

「あなたが今日バスから突き落とそうとしたのは、私じゃなくて秋子ちゃんよ」

夕子の言葉に、虚を突かれたように晴香は声を詰まらせた。

「……なんのことですか」

「私はその時間、学校にいた」

晴香の表情がいっそう硬くなる。沈黙のはざまに雷鼓が大気を震わす。そろそろ雨が降り出しそうだ。激しく降れば雨で蚊の残骸も洗い流せるだろうか。

「私と秋子ちゃんの区別もつかないくせに、私のことが好きだなんて、冗談じゃない」

「私じゃないです」

「証明できる？　あなたは今日のバレー部の練習には来ていなかったね。午前も午後も。どこにいたの？」

晴香は頬を歪め、唇を噛む。

「別に晴香に答える義務があるわけじゃないよ、私が確かめたいだけだから。咎めもしない。だから、答えたくなかったら、今すぐ坂を下ればいい」

「どうしたら信じてもらえるんですか？」

「私は人を信じない」

糸屋へ行く道は？

まっすぐお下りなさんせ。

坂を示した指先に生ぬるい雨粒が弾ける。走り去ってゆく晴香のうしろ姿を追いかけるようにしてそれは瞬く間に繁吹き雨《しぶあめ》となる。ざっ、ざっ、と不規則に鳴る雨空に向けて夕子は手のひらを開き、蚊の残骸を洗い流した。

口移す言葉がすべて真実だとは限らない。

多佳子さんが好き。うん、私も大和さんが好き。

そんな睦言《むつごと》がこの先曲がることのない真実かと言えば、百人中百人が違うと言うだろう。そもそも真実の意味さえわからない夕子は何を信じれば良いのか。いま腕の中で胸を上下させる多佳子の吐息が真実か。身体の奥から溢れ出る雪代のような快楽の残滓が真実か。

どれだけ抱けば、私は救われるのか。

夕子は多佳子の脚を割り、腰をねじ込み、からっぽの性器を擦りつける。受け入れてくれるようになった彼女は、どれだけ私に抱かれれば、私を救ってくれるのだろう。求めれば流砂のごとく貪欲な己の罪深さに夕子は笑いたくなる。そして泣きたくなる。

ねえ、どうして人間には男と女の二種類がいるんだろうね。

さあ、どうしてだろうね。

ねえ神様、そこにいるのならば、見てください。

差し木を挟んで薄く開けた扉の隙間から緩く流れ込んでくる熱風を、汗に濡れた額のあたりに受けながら、夕子は願う。

この空につづく扉の隙間から私たちを見て、少しのあいだで良いから騙されてください。あなたが繁殖のために二種類の人間を作ったのだとしたら、同じかたちの性器を塗擦しあう私たちは今、男女のように見えませんか、繁殖しているように見えませんか。ねえ、ほんの少しで構わない、騙されてください。ひとつの瞬きのあいだでも良い。あなたが騙されている隙にだけ、私はきっと真実を見付けられる気がします、神様。

「校内にいる生徒にお知らせします。部活動や補習で登校している生徒は、すぐに体育館に集まってください。繰り返しお知らせします。部活動などで登校している生徒は、今すぐ体育館に集まってください。重要なお知らせのため、三十分後に校舎に残っている生徒がいないか見回りを行います。それまでに必ず集まってください」

突然の音声放送が終わるのを待たずに、多佳子は細い声をあげて腰を震わせた。

荒く息を弾ませる多佳子の胸の上に身体を凭せ掛け、夕子は彼女の顔に滲んだ汗をハンドタオルで拭ってやる。多佳子はその手を振り払い、くちづけを求める。夕子はそれに幾度も応じる。卑しく貪婪《どんらん》なくちづけを繰り返したのち、多佳子はようやく夕子の身体を解放した。

「多佳子さん、先に行きな、体育館」

「大和さんは?」

「私は本来学校来てる時間じゃないから、少し経ってから行く」

名残惜しそうな顔をしつつ、まだまったく汗の引いていない身体の上にのろのろと服を纏い、多佳子は下界への階段を下りていった。夕子は裸のまま扉に凭れ、ひめごとの残り香に酔いながら、束の間ただ漫然と息をした。

夕子に身体を開いて以来、多佳子は「今度旅行に行こう」とか「今度は学校の外でご飯を食べよう」とか、近い未来の話をするようになった。一緒に、裸でいるときだけ。ねえきっと、それはだいぶ本気なんでしょうね。でも夕子は「そうだね」って笑いながら、本気じゃないふりをしなければいけない。だって、今度っていつなんですか。教室に戻れば私たちは他人。この扉の前を去れば私たちは他人。どうしたらそんな幸せな未来を考えることができるのですか。それとも多佳子さんはこの夏休みが永遠に終わらないとでも思っているのですか。ねえ、八月ももう半ばを過ぎて、陽は短くなってきている。あとどのくらい私たちはこうやって肌を合わせられるのですか。

ねえ神様、生かしてください。

夕子は裸のまま立ちあがり、扉を開けて屋上に出た。焦げつくような熱さのコンクリートが足の裏を焼く。蟬の声、眩暈を呼ぶ耳鳴り、笑い声の幻聴、夕子はそれらを振り払うように、天へ向かって両腕を伸ばす。神様、多佳子さんを生かしてください。私がいなくなっても大丈夫なよう、私に未来など求めぬよう。こんな身体はもういりません。あなたに伸ばす手指の先からこの浅ましく穢れた魂を奪ってください。

手のひらの向こう、空は青く太陽は熱い。あなたが生み掌《つかさど》るものすべてが尊い。

でも、私は。

最初の放送からきっかり二十分後、もう一度同じ内容の放送が流れ、夕子は制服を身につけ、階下へ向かった。

体育館に入ると、こんなに今までどこにいたんだろうと思う程の人数の生徒たちが集まっていた。夕子はあたりをざっと見渡し、遠くのほうに多佳子を中心としたバレーボール部の一団を見付けた。晴香の姿はない。そして比較的近くにも知った顔をふたつ見付けた。喜恵と美彩がそれぞれ別の場所で壁に凭れ、本を読んでいた。夕子は美彩の傍に歩み寄り、声をかけたら驚かれた。

「なに、夕子なんでこんなに早いの」

「美彩先輩こそ、なんでこんなに早いんですか」

「私は受験生なの。勉強しなくちゃいけないの。三年になってまで部活なんかしてるから、午前中も勉強するしかないの」

「えー、進学するんですか?」

「桃子や笙子みたいなバカと一緒にしないでよね」

そうだったのか。演劇部の集合を午後三時と決めたのは美彩である。部員の低血圧を慮《おもんぱか》ってくれていたのではなく、自分の将来のためにこの時間だったのか。なんという双方ハッピーなエゴ。案の定その場には夕子と美彩以外の演劇部員の姿はなかった。

灼熱の体育館でたっぷり十分くらいは待たされたあと、ようやくマイクにスイッチの入る音が聞こえた。壇上に立った、名前も知らないジャージ姿の男性教師から告げられた内容は、化学の大久保が死んだこと、そして容疑者として英語の園村が連行されたこと、だった。また、死に方が少し変わっていたのと、教育者同士の痴情のもつれという、下衆が喜んで飛びつきそうな事件のため、明日の朝刊の社会面には載るであろうことと、マスコミ避けのため明日はすべての部活動と補習を中止する、という用件も加えて伝えられた。

「嬉しい、明日は一日中勉強できる」

美彩はそう言って、さっさと体育館を出て行った。

残された夕子は冷えた指先を手のひらに握り、その場でしゃがみ込んだ。上を向くと、体育館の高い天井が廻っていた。下を向くと、床もぐるぐる廻っていた。

ぼやけた視界の中、入り口のほうから寝間着みたいな服を着た少女が走ってきて、落ち窪んだ瞳で夕子を見据え、訴える。

――確かに私、大和先輩と間違えて他の人をバスのステップから落とそうとしました。でもこれだけは信じてください、私は園村には何も言っていません、本当です。

床も天井も、回転する速さを増して、どこか違うところに振り飛ばそうとする。その腕でこの世に思い人を押し留めようと、少女は夕子の肩を摑み言い昂《つ》がる。

――園村に言われたんです。大和先輩が大久保をおかしくしたんだろうって。私知りませんって答えました。でも私知ってるの、本当は、おかしくしたのは園村なの。この前、大和先輩と間違えて他の人をバスから突き落としたところを、同じバスに乗ってた園村に見られたんです。私、脅されて園村の家まで行きました。家っていうか、ゴミ溜めみたいな場所でした。まわり中モノだらけで、通るところと寝るところしかないの。そのゴミの中に、ゴミみたいな大久保がいたんです。私が見たときはまだ生きてて、裸にされて縛られてて、園村、私に見てるように言って、動かない大久保の上に乗ったんです。ぜんぶ大和夕子のせいなのよって。それで死にそうな大久保が、私に向かってタスケテって。殺される、タスケテ、って言ったんです。でも私怖くて、気持ち悪くて、逃げてきちゃったの。ねえ大和先輩、大和先輩ったら、やっぱりぜんぶ大和先輩が悪いんじゃないですか。園村が逮捕されたのも大久保が死んだのもぜんぶ大和先輩のせいじゃないですか――。

少女に揺さぶられながら、夕子は笑った。

＋糸地獄＋

その夏は　水玉模様でした
風が　とろりの夏風が
熱を呼んで
ほろほろと
（夕焼けは目に見えない程の速度で濃くなってゆく）
そう、嘘です。嘘という生物が透き通った糸を吐いて、娼婦と私をつないでいる。
夏風は光の洪水じゃなかった。それは嘘が腐ってゆく匂いを運んで届けてきた。風？
風が吹いてきた。私……私、何かを思い出そうとしている。身体が痛いわ。嘘の糸で
縫い閉じられた記憶を、風の鋏がプツプツと切ってゆく。切られて身体が痛い。
切られて身体が痛い。
ほろ酸っぱい　匂いの　たわわな　果実　積んで
方舟　つくかしら
え丶、西の果て
え丶、夏の果て。

＊2003年＊

世界に一つだけの花が日本中に咲いた、ふたつ折りの携帯電話がすごい時代

メールが届いた翌日、会社帰りに受けた遠距離電話は、その距離のぶんだけ音を途切れさせつつ、再度その人の死を告げた。

「あんた、夕子の居場所知ってる？　仲良かったでしょ」

事実としては、知らない、という答えになる。ここ八年ほど、知らない。何年か前、卒業アルバムの住所に年賀状を気まぐれに出してみたら、住所不明で戻ってきた。

彼女たちは一緒に死んだのではなかったのか。紫陽花坂を上ることが義務付けられていたあの永遠かと思うほど長い、そして神の手の中では瞬きをする間にも満たない時間、あのふたりはずっと求め合って生きていたのではなかったのか。

美彩ねえさんには、ごめん、知らない、と答え、早々に電話を切ろうとしたが、切らせてもらえなかった。

「私、今週は帰国できないの。悪いんだけど、あんた代わりにお通夜に行ってくれる？私の名前で香典置いてきてほしいのよ」

「家が判らない」

「うちの実家に行けば、本棚に私の代の卒業アルバムあるから、調べて」

地球の裏側に行っている従姉に無理やり帰国しろと言うわけにもいかず、私はその件を承諾し、電話を切った。

アパートの扉を開け、まず風呂のスイッチを入れてストーブを点けると、昨日わけの判らない段ボール箱から取り出したままの卒業アルバムを開いた。そして住所録から佐々木多佳子の名前を探した。もはや自分が何組に所属していたのかすら覚えていなかったので、結構大変な作業だった。彼女が大和夕子との接点を持っているとは考えづらかったが、念のため確認しようと思い、私はそこに書かれている番号に電話をかけた。

佐々木多佳子ではない女の声が応答する。

「わたくし高校でご一緒させていただいておりました、町沢《まちざわ》と申しますが、夜分おそれいります。多佳子さんはいらっしゃいますでしょうか」

在の返事と保留音ののち、訝しげな佐々木多佳子の声が受話器の向こうから聞こえた。

おそらく町沢なんて生徒は覚えていなかったのだろう。唯一仲良くしていた夕子が私を名前のほうで呼んでいたおかげで、町沢という苗字はクラスにぜんぜん浸透しなかったのである。

「久しぶり。二年生のとき同じクラスだった文芸部の町沢喜恵だけど。憶えてる?」

溜息ひとつ分の沈黙ののち、その存在を思い出したらしく、ああ、と嬉しそうに多佳子が言った。

「喜恵さんか。うわあ、久しぶりだねえ」

「まだ実家にいたんだね、びっくりしたよ」

「今は東京に住んでるんだけど、ちょうど帰ってきてたところだったんだ。こっちだって驚いたよ。どうしたの、いったい」

私は受話器を握り直す。本当に嬉しそうに、懐かしそうに声を弾ませる多佳子に伝える話としては、結構気が重かった。

「演劇部に、高槻笙子先輩っていたの、憶えてる?」

「なんかやたらかっこよかった不良ふうの人でしょ。憶えてるよ」

「それと仲良かった、大和夕子の居場所を知らない?」

「……なんで?」

「高槻先輩が死んだの。週末実家でお葬式なんだって。でも夕子に連絡がつかないの」

受話器の向こうから、息を呑む音が聞こえた。そしてそのあと、震えるような声が答える。

「……私は特に、大和さんとは仲良くなかったから」

「そうだよね。私ですら判らないんだし、知らないよね。いきなりごめんね。じゃあ、実家滞在楽しんで」

私が早々に電話を切ろうとしたところ、あの、と大きな声が聞こえ、切れなくなった。

「なに？」

「私、来週末までお休みを貰ってるの。もし良ければ、私もお葬式に行きたいんだけど、だめかな」

「良いけど、じゃあ笙子先輩の住所と葬式だか通夜だかの日時をメールするから、携帯の番号とメアド教えてくれる？」

私は元国営電話局ドメインのメールアドレスを床に転がっていたチラシの裏に書き写し、元国際電話専門会社ドメインの私のアドレスも念のため教え、じゃあそのときに、と言って電話を切った。


私にはかつて親友と呼べる友人がひとりだけ存在した。

それは私以外のそこらへんにいる女子が、自分が処女であることが気に食わなかったり、二重まぶたじゃないことに絶望したり、母親が厳しくて夜遊びできないことに苛立ったりする年のころで、処女であることにも自分の母親が厳しいことにもなんの疑問も持たない天然二重まぶたの私は、学校という社会の中で、明らかに孤立していた。色気づいた女子が眼鏡を外しコンタクトレンズを購入し始める中、私は当時の日本ではまだ珍しかったアランミクリの独創的なフレームの眼鏡を手放さず、コンタクトレンズのお金の分だけ本を買った。外国文学は邪道である、という美彩ねえさんの受け売りで、私の本棚には漢字の名前を持つ作者の本しか並ばなかったわけだが、古本の煤けた紙の上に並ぶ、陰鬱とした小さな文字を見ているとき、私は至福だった。

中学生のころも、小学生のころも、校舎の北の隅にある黴くさい図書室は、私だけの聖所だった。

高校に入った最初の夏休み、児童書以外ならなんでも良いから本を読み、その読書感想文を原稿用紙五枚以上に書いてくる、という非常に幼稚な課題が出された。処世術を知らない小娘だった私は夏休み明け、坂口安吾の『堕落論』で感想文を書いていった。教師はあからさまに嫌な顔をした。そして、あからさまに嫌な顔をされた女生徒がもうひとりいた。それが大和夕子だった。こっそりと彼女の読書感想文の題名を見ると、『放浪記（林芙美子）』という、この上なくぶっきらぼうなもので、私はなんだか嬉しくなった。

彼女は私が『堕落論』で読書感想文を書いたことを知ると、つっぱり（相撲）の勢いで私に近づいてきた。表現が微妙なのは許してほしい。要は、見かけによらない勢いで距離を縮めてきたのである。お互いクラスの中で所属するグループが見つからず、というかグループに興味もなかったのだろうが、なんとなく、というスタンスで一緒にいるようになり、次の学年でも同じクラスだったため、そのままなんとなく一緒にいた。

私、あの人が好きなの。どうしよう、告白しようかな。ねえ、将来どうしよう、今から勉強すれば短大には入れるかな。

そんな絵空事のような会話をしたためしもなく、クラスから、好んで爪はじかれている私たちに友情なんてスイートな感情はこれっぽっちもなかったけど、その関係は日本語に存在する語彙で言い表すのであればおそらく「親友」という表現になった。他に友達がいなかったから。

「話、考えてくれてる?」

目の前の男は爪楊枝を口の中で舐りながら私に尋ねた。気持ちだけ十年前へ馳せていた私はその声で現代に引き戻される。目の前には夕子の人形みたいに美しい横顔ではなく、黒ぶちの眼鏡をかけて無精髭を生やした小汚い男。頭もぼさぼさだ。

話、考えてくれてる? なんて、こんな昼の定食屋で八百円の焼き魚ランチを食べているときに確認しないでほしい。

「考えてるけど、あまり急ぎたくないんです」

私は歯に挟まった小骨を抜きながら答える。特に問題のない男だ。物を食べるときちょっとだらしがないくらいで、ほかに欠点は見当たらない。あえて言えば「不潔」か。しかしそれは編集者なのだから仕方ない。私だって仕事がたてこんだら三日くらい風呂に入れないことはある。

「駅前の式場がさ、ゴールデンウィークに式挙げると二割引きなんだって。安い出費じゃないからそれで良くない？」

「ゴールデンウィークって、皆どっか行っちゃって誰も来ないんじゃないですか」

「ウチの会社の人間はそんなヒマないだろうよ」

「え、でも私、東京の友達とかに来てほしいし」

男は嬉しくなさそうな顔で私を見た。

四年間の熱病のような大学時代を過ごした東京に、戻りたいとは思わない。しかし、地元の駅前の式場で結婚をしたのちは、おそらく死ぬまでこの街から出られないことを思うと、あの熱病が懐かしく思えた。

小さいころから憧れつづけていた、聡明で凛とした美彩ねえさんは、この街どころか東京をも飛び越え、地球の裏側へ行ってしまった。私が寝る時間に起きて、私が起きる時間に寝て、この街の人が知らない言葉で喋っている。きっと歯に挟まった鯵の干物の骨を取ることに、こんな苦心をしたりしないだろう。

「東京の友達って誰？」

男が新しい爪楊枝を傍らから抜き取り、奥歯のほうに差し込む。

「美彩ねえさんとか……」

「その人は今トルコにいるんでしょ？　ゴールデンウィーク関係なくない？」

「夕子とか……」

「誰それ、俺が知ってる人？」

「ううん、知らない。私も今どこにいるのか知らないんだもん」

男は再びあまり嬉しくなさそうな顔をする。早く決めてしまいたいのだろう。駅前の式場が二割引きだから。でもそんなの、私の人生まで二割引きで売られているような気がする。ようやく鯵の干物の骨が抜けた。

あの夏の日、桔梗色の夕闇の中に、私は永遠のような問いかけをした。

ねえ、いつまでこんな日々がつづくんだろうか。


私は美彩ねえさんと同じく進学希望だったため、次の夏休みの宿題では、教師のポイントを稼ぐ必要があった。推薦入学制度というのがどこの高校にもあるが、あの頭の悪い女子高校にも一応は存在していたのである。相変わらず読書感想文の宿題は出た。二年生は五枚ではなく、十枚である。しかも外国文学という指定があった。外国文学は

『蜘蛛女のキス』と『O嬢の物語』と『チャタレイ夫人の恋人』と『千一夜物語』しか読んだことがなく、この四冊が感想文の対象図書になるかと言えば、絶対にならない。意外と知られていないがアラビアンナイトはエロ小説だ。どのような本が教師受けするのか、過去の読書感想文コンクールの結果をあらかじめ調べて、夏休みがあと二週間で終わるころ、図書室でリチャード・バックの『イリュージョン』という薄い文庫本を借りた。教師という人種がいかにも好みそうな説教くさいこの物語の貸し出しカードの履歴には、意外なことに高槻笙子の名前があった。もしかして、と思い同じく著者が飛行士であるサン＝テグジュペリの『夜間飛行』を書架から探して貸し出しカードを確認したら、やはり彼女の名があった。

笙子先輩は、不良に憧れていても不良になりきれない、私のような一匹狼を気取っている中途半端な生徒たちにとっても、ひそかな憧れの対象だった。それまでずっと、私の世界に年上の女の子は美彩ねえさんしかいなかったので、その美しい唇を肌色のドーランに隠し、いい加減なペテン師の役を演じ、舞台の上で夕子と本物のキスをする笙子先輩の出現は、私にとって衝撃以外の何ものでもなかった。

見た目は著しい不良ではなかった。鞄はまな板のように薄いけれど、スカートが長いだけで髪の毛はそれほど茶色くないし、パーマも当てていない。それなのに、地域の高校をひっくるめても最強の桃子先輩といつも仲良くしていて、羨ましかった。美彩ねえさんは演劇部というつながりで笙子先輩と仲が良かったが、特に好んで友人づきあいをしているわけではなかった。しかし笙子先輩や桃子先輩は、万年首席の美彩ねえさんには一目置いていた、という話を夕子から聞いたことがあった。何かに秀でている人間は、ほかの分野で何かに秀でている人間に対して、きちんと敬意を払う。

その日、暑さにより壁がぐんにゃりと曲がりそうな部室で『イリュージョン』の感想文を書いていると、校内放送がかかり、校内にいる生徒すべてが体育館に招集された。夏休みも毎日勉強などのために学校へは来ていたが、そんなことは初めてだった。本を持ったままだらだらと体育館に向かうと、やはり参考書を抱えた美彩ねえさんが来ていた。演劇部の練習は午後三時から、と夕子が言っていたのに、ずいぶん早い。

教師から告げられた「重要なお知らせ」は、化学の大久保という教師が死んだことと、容疑者として英語の園村が連行されたことだった。私は化学ではなく生物を選択していたため、大久保という教師に面識はない。しかし夕子やほかの文化部員がその教師をものすごく嫌っているのは知っていた。

別に好きでもない教師が死のうと生きようと私には関係ない。英語に関しても、園村は出身大学が立派なだけであって、教師としてはあまり優秀じゃない。部室に戻ろうと踵《きびす》を返したら、この時間に来ているはずのない夕子が、さっきまで美彩ねえさんがいたあたりにうずくまっていた。また暑さで貧血でも起こしたのだろう。手を貸すためそちらに歩いていったら、私よりも先に私服姿、というか寝間着姿の七尾晴香が入り口から飛び込んできて夕子の傍へと走り寄っていった。この女生徒が夕子に恋慕しているのは知っていたので、そのままにしておいてやろうとも思ったが、なんとなく様子がおかしかった。夕子は目を開けたまま、笑った顔で何か言いながらがくがくと七尾晴香に身体を揺さぶられている。夕子の様子がおかしいのはいつものことだが、このときはちょっと度を越していた。喚き散らす七尾晴香を突き飛ばし、私は夕子の頬を叩いた。薄い頬だった。一回では戻らなかった。結構強く何度も叩くと、やっと戻ってきて、私にしがみつき、言った。なんでいつも私のせいにするの。私悪いことしてないのに、なんでいつも私が悪くなるの。ちゃんと生きてるのに。ねえなんで私のせいなの。神様はどこにいるの、どこに真実があるの。

演劇部の文化祭は中止になった。否、正しく言えば、文化祭で上演される予定だった『糸地獄』が中止になった。笙子先輩に憧れている下級生たちにとって、それは文化祭が中止になったのと同じことだろう。てっきり雲仙の火山に身を投げたお糸という女人の話だと思っていた私は、美彩ねえさんから借りた脚本の内容が、自分の想像とまったく違っていて驚いた。そしてこれは中止になるわと納得した。

娼家の娘たちは、ひとりひとり身の上話を持たなければならない。

知らないおじさんの首を絞めて殺す女
恋人を飢えた魚の餌にしてしまう女
窓を開けて月を見たいがために、窓を閉めた男を殺す女
父親を呪い殺す女
そして、嘘をつく男の舌を切り落とす女
夏休みに死んだ大久保は、園村に監禁されていた。そして局部を切り落とされて間もなく死んだ。七尾晴香は、大久保が死ぬ数日前に園村の家に連れてゆかれ、男女の異常な有様を目の当たりにして心神喪失し、数日間、自宅に引きこもっていたらしい。あの校内放送の少し前に、大久保と園村の一件はテレビのニュースになっていたそうだ。それを見た七尾晴香は着の身着のままで学校にやってきた。私たちが学校から追い出されるころには既にマスコミの大人たちが数人、校門前にいた。
――こんな話だれがやろうって言ったのー？
私は下校バスに揺られながら、美彩ねえさんに尋ねた。
――秋子。父親を呪い殺す身の上話を持つ女の役がやりたかったんだって。
――夕子の役ってなんだったの？
――母親を探す女の役。
去年の夕子の役も、母親のいない目の見えない少女だった。

あんたは、私の母さん？

あんたは、私の母さん？

母さん欲しけりゃ鏡をごらん。母さんはあんたと同じ速度で年とって、鏡にとじこめられてるよ。

嘘ついてるんだわ。誰かが嘘ついてる。


週末の夜、笙子先輩の実家の最寄駅近くの喫茶店で多佳子と待ち合わせた。私は土曜日も仕事なので、喪服ではなく普通の黒いパンツスーツで行くしかなかったのだが、駅に着いたら多佳子も喪服の用意がなかったのか、シンプルな黒いパンツスーツ姿で待っていたのでほっとした。遠目に見ても、十年前とまったく変わりがなかった。薄く化粧を施しているぶんだけ変わっていたが。

外と店内の温度の差に噎せそうになりながら、私はコートを脱いで椅子の背凭れにかけた。

「久しぶりだねぇ」

その言葉に私はぎこちなく微笑んだ。多佳子もぎこちなく、しかし昔と変わらない人懐こい笑みを浮かべている。

「ほんとにねぇ。誰か死ななきゃこうやって会うこともないと思うと、寂しいけどね」

「喜恵さん、何の仕事してるの？　今ひとり暮らし？」

「うん。地元の出版社に勤めてる。実家から近いけど、ひとり暮らしだよ。佐々木さんは？」

「会社づとめ。ていうと語弊があるかもね。バレーボールの実業団に入ってるの。時々試合でテレビにも映ってるから、知ってるかと思ってた」

「ほんとに？　ごめん、ぜんぜん知らなかった、今度見なきゃ」

　私は温かいカフェオレを注文し、煙草に火をつけた。高槻家はここからタクシーで十分ほどである。一服する時間くらいあるだろう。共通の友人も話題もない私たちのあいだには、すぐさま会話がなくなった。居心地悪そうに多佳子が、大和さんは見つかった？　と尋ねた。言うなれば、おそらく唯一共通の友人であった大和夕子は、考えられる限りのことはしてみたが見つからなかったので、見つからなかった、と答えた。

　卒業アルバムに記載されていた電話番号は勿論使われておらず、住所には大和という住人はいなかった。その近辺を歩いている人にも訊いてはみたが、誰もそんな少女を知らないという。まるで最初からそんな人間など存在していなかったかのように、大和夕子は消滅していた。

「笙子先輩と一緒に死ぬって言ってたのにね。一緒に死んだんじゃなさそうだよね」

　私が言うと、多佳子の表情は僅かに曇り、強張った。会話が途切れてしばらくののち彼女は不自然なほど過剰な自然を装い、私に尋ねた。

「ねえ、喜恵さんは大和さんに、何か聞いてた？」

「何かって何？」

私も、何も知らないふりをして尋ね返した。

「……私のこととか」

「あの子、他人に興味なかったから。いつも笙子先輩の話しかしてなかったよ」

その返答に、多佳子の顔からは過剰な自然が消え去り、あからさまに安堵の色が滲む。

ついでに私も尋ねた。

「ねえ、今日笙子先輩のお通夜に来ようと思ったのはどうして？　佐々木さんなんの関係も面識もないでしょう？」

「かっこよくて憧れてたから」

「え？」

あまりにも素直な返答に、私は間抜けな声を出す。

「かっこよくて憧れてたから。私も普通の女子だったからさ。まあ、今だから言えることだけど」

多佳子は目を伏せてはにかみ、カップに残っていたコーヒーを一気に飲み干した。

「靴箱にこっそりプレゼント入れたこともあるんだよ。でもそれを大和さんに捨てられたんだよね」

「うわ、やなやつー」

「うん、やなやつだったけど、羨ましかったな。私もうんざりするほど女の子にプレゼントとか貰ってたけど、捨ててくれるような人はいなかったから」

「なんで？　女の子にもてるのイヤだったんじゃないの？」

「イヤだったけど、プレゼント捨てる勇気もなかったから、他人に捨ててもらって、その人を悪者にしたかったの。もー、言わせないでくれる？　超いやな人なのバレバレじゃない。佐々木多佳子はいま結構有名人なんだから。ネット掲示板とかに書かないでよね」

私たちは初めて声に出して笑い、リークするならどの掲示板にするかを話し合い、伝票の取り合いをし、通夜に向かうためタクシーに乗り込んだ。


かつて親友と呼べる友人がひとりだけ存在した。

人間というよりも子供のマネキンと言ったほうが相応しい外見を持ったその友人には、不思議なことに、生活の背景がなかった。少なくとも、私はその背景を知らなかった。ほぼ毎日一緒に昼ご飯を食べていたが、彼女の昼ご飯はいつも買ってきたサンドイッチだった。飽きないのだろうか、と心配になるほど毎日同じものを食べていた。家族の話を、一度だって聞いたことがなかった。どこに住んでいるのか知らなかったし、友情というスイートな感情のない関係だったので、学校で散々喋ったにも拘らず家に帰ってからも長電話、という女の子じみた行為をするわけもなく、電話番号も知らなかった。

今では生きているのかどうかも判らない。

通夜の会場となっている高槻家の庭で、なんとなく憶えている顔に会釈をしながら、美彩ねえさんの名前の書かれた香典と私個人からの香典を受付に渡し、焼香をした。遺影は、美彩ねえさんの部屋で見た卒業アルバムの写真だった。笑みの片鱗もない、不貞腐れたような美しい顔。その後の十年間、写真が存在しなかったのだろうか。

「喜恵!」

風邪、大丈夫ですか？　と尋ねたくなるような掠れた声が、帰ろうとする私を背後から呼び止めた。振り返ると、どう見ても堅気ではない化粧と髪型をした、かつての不良娘が立っていた。

「お久しぶりです、桃子先輩」

私は反射的に深々と頭を下げた。

「何、美彩は来てないの？」

桃子先輩は吸っていた煙草を地面に落とし、場違いなエナメルのハイヒールの爪先で火種をもみ消す。フィルターにはレトロな赤い口紅がべったりとついていた。

「トルコで学会があるとかで、もう三ヶ月ほど日本にはいません」

「やだねぇ、偉くなっちゃって」

「桃子先輩こそ。風の噂で聞きました。お兄様が四代目に就任なさったとかで」

「まあ、一緒に暮らしたこともない兄貴だけどね。やくざの世界は就任じゃなくて襲名っていうのよ。この先役に立つかもしれないから、憶えておきなね。就任だとどっかの会社みたいじゃない」

「すみません。憶えておきます」

ちらりとうしろを振り向くと、多佳子は私たちから少し離れたところで軽く足踏みをしながら待っていた。寒いのだろう。早く切り上げなければならない。私は桃子先輩に向き直り尋ねた。

「笙子先輩の死因は、なんだったんですか？」

「それがねえ、はっきりしないみたいなんだ」

桃子先輩は早くも火をつけた次の煙草の煙を、溜息と共に吐き出した。

「自殺なんだか他殺なんだか病気なんだか老衰なんだか。まあ年齢的に老衰ってことはないと思うけど、家族が気づいたときには死んでたんだって。外傷なし。血液も正常。病気でもなかったみたいだから、本当に判らないの。笙子の抜殻が残ってる、ってさっき笙子のお母さんが言ってた」

「それはまた、不思議な話ですね」

しばらく話を聞いていても、やはり死因は判らなかった。眠っていた人が、気づいたら魂がなくなっていたために起きられなかった、という感じらしい。そうしたら亡骸《なきがら》はまさに抜殻だ。

まだ話し足りなそうな桃子先輩に、連れが待ってますので、と命がけで告げて解放してもらい、私は多佳子と連れ立って家の門を出た。

「ごめんね、待たせちゃって」

私が謝ると、多佳子は別に大丈夫だよ、と横に首を振り、尋ねた。

「さっきのあれ、桃子先輩？」

「うん。ここらへんでは今、ちょっとした有名人よ」

「なんか、ますます凄くなってたね」

「実はやくざの娘だったからね。驚くよね」

「ええっ、そうなの？」

「うん。父親がどっかの組長だったらしいよ。桃子先輩のお母さんはお妾《めかけ》さんで、そのお妾さんが最初に産んだ男の子が、跡取として育てられてたんだって」

細い道を歩きながら、私たちは互いに相手が「ご飯を一緒に食べよう」と言い出すのを待っていた。ただ自分から言い出すのは癪だったので、私は気まぐれな提案をした。

「ねえ、学校に行ってみない？」

「今から？　閉まってるよ」

「せっかく帰郷してるんだから、行くだけ行こう。閉まってたら帰ってくれれば良いし」

あまり気乗りしない顔の多佳子は、しかし素直に私のあとをついてきた。大通りまで出て流しのタクシーを捕まえる。運転席に向かってかつて私たちが通っていた女子高校の名前を告げると、運転手は、凍ってるから坂の上までは無理だよ、と不機嫌そうに言った。閉まっている以前の問題である。どこの堅牢な要塞か。坂の下でも良いと言ったら、ようやく車を出してくれた。


民家のまばらな紫陽花坂の麓のバス停近くでタクシーを止めてもらい、聳《そび》える坂を仰ぎ、私たちはそこに信じられないものを見た。

「嘘でしょう、今二月よ」

多佳子のその言葉の証拠に、墨を塗り籠めたような空からはいつの間にか、ちらほらと花弁雪《はなびらゆき》が降ってきていた。そして雪の向こうに見上げた紫陽花坂には、ぼんやりと光を放ちながら紫陽花が咲いていた。坂のてっぺんまで、光はつづく。私たちはその奇観を、ただ信じられない気持ちで眺めた。

長くて急な紫陽花坂。

この坂を上ることが永遠に科せられた罪業《ざいごう》かと思っていた十年前、紫陽花の季節は僅かで、冷たい雨の中、永遠ではなくその季節を三度繰り返したのち、私たちはこの場所から永遠に追放された。

いつまでこんな日々がつづくんだろうか。

そんな閉塞感に憂えていた三年間なんて、人生においてはほんの少し、目を瞑って夢を見ていればすぐに過ぎてしまう。その永遠に近いほんの少しの時間から解放されたとたん、私は放射線状に広がる迷路の上で迷子になった。何処に行けば良いのか判らなくなった。

あのころはただひたすら何かから逃げたくて、それでも何かに縛られていたくて、何を思えば良いのかさえ判らなかった。あの坂から、あの制服から、あの甘く澱んだ放課後の空気から逃れられれば、すべて変わってくれるのではないかと、頭の隅のほうで夢を見ていた。でも、変わらなかった。制服を脱いでも、東京へ行っても、私はまだあの放射線状に迷路の上に立ったままだ。

「ねえ、喜恵さん」

「なに？」

「私、大和さんはもうこの世にはいないと思う」

多佳子が白い息を吐きながら小さな声で言った。その声の先には、紅色の傘をさし、紫陽花坂を歩く夕子の姿があった。彼女はひとつ傘の下、傍らの女生徒と手をつなぎ、ゆっくりと坂を上がってゆく。傍らの女生徒のうしろ姿は、高槻笙子のものだった。

紫陽花坂を上りきり、ふたりの姿は闇の中に消えた。

あとはただ、綿雪の舞い降る。

初出一覧

「ヴィオレッタの尖骨」　別冊文藝春秋電子増刊「つんどく！　Vol.2」文藝春秋／二〇一三年
「針とトルソー」『眠らないため息』幻冬舎文庫／二〇一一年
「星の王様」　書き下ろし
「紫陽花坂」　新潮ケータイ文庫／二〇〇七年九月三日〜一一月五日

装幀　水上英子
装画・本文イラスト　中村キク

宮木あや子（みやぎ・あやこ）
一九七六年神奈川県生まれ。二〇〇六年『花宵道中』で第五回女による女のためのR－18文学賞大賞と読者賞をW受賞しデビュー。著書に『白蝶花』『春狂い』『雨の塔』『太陽の庭』『群青』『泥ぞつもりて』『野良女』『憧憬☆カトマンズ』『セレモニー黒真珠』『校閲ガール』シリーズ『帝国の女』『喉の奥なら傷ついてもばれない』など多数。

ヴィオレッタの尖骨《せんこつ》

二〇一七年九月二〇日　初版印刷
二〇一七年九月三〇日　初版発行

著　者　宮木あや子
発行者　小野寺優
発行所　株式会社　河出書房新社
東京都渋谷区千駄ヶ谷二－三二－二
電話　〇三－三四〇四－一二〇一［営業］
〇三－三四〇四－八六一一［編集］
http://www.kawade.co.jp/
組版　KAWADE DTP WORKS
印刷　株式会社暁印刷
製本　小泉製本株式会社

Printed in Japan　ISBN 978-4-309-02603-9